Bianca

UNA ESPOSA PARA
EL PRÍNCIPE
Maya Blake

Editado por Harlequin Ibérica.
Una división de HarperCollins Ibérica, S.A.
Núñez de Balboa, 56
28001 Madrid

© 2019 Maya Blake
© 2019 Harlequin Ibérica, una división de HarperCollins Ibérica, S.A.
Una esposa para el príncipe, n.º 2715 - 24.7.19
Título original: Crown Prince's Bought Bride
Publicada originalmente por Harlequin Enterprises, Ltd.

I.S.B.N.: 978-84-1328-122-3
Depósito legal: M-17727-2019
Impreso en España por: BLACK PRINT
Fecha impresion para Argentina: 20.1.20
Distribuidor exclusivo para España: LOGISTA
Distribuidor para México: Distibuidora Intermex, S.A. de C.V.
Distribuidores para Argentina: Interior, DGP, S.A. Alvarado 2118.
Cap. Fed./Buenos Aires y Gran Buenos Aires, VACCARO HNOS.

Capítulo 1

REMIREZ Alexander Montegova, príncipe heredero de Montegova, se detuvo frente a la imponente puerta con molduras doradas y levantó el puño, tan helado como el resto de su cuerpo.

Cualquiera que lo conociese se quedaría sorprendido ante tan extraña muestra de vacilación. Desde la infancia había sido felicitado por su temeridad, por su valentía. Todos lo veían como un líder que algún día conseguiría para su país mayores logros que cualquiera de sus antepasados.

Pero allí estaba, acobardado por una puerta.

Desde luego, no era una puerta normal. Era el portal hacia su destino. Por pretenciosas que sonasen esas palabras, eso no hacía que fuesen menos ciertas.

Había temido aquel día.

La verdad era que no quería entrar. No quería enfrentarse con su madre, la reina, porque el instinto le advertía que cuando saliese de allí no sería la misma persona.

Claro que nunca había sido dueño de sí mismo. Pertenecía a la Historia de Montegova, al destino forjado por los guerreros que habían luchado en sangrientas batallas para forjar aquel reino situado al Oeste del Mediterráneo.

«Deber» y «destino». Esas dos palabras estaban grabadas a fuego en su alma.

—¿Alteza? —murmuró su ayudante—. Su Majestad está esperando.

Remi lo sabía. Y la llamada de esa mañana había sido imperiosa.

Su madre había requerido su presencia a las nueve en punto y el antiguo reloj de oro en uno de los muchos pasillos del palacio real de Montegova anunció solemnemente que estaba a punto de llegar tarde.

Dejando escapar un suspiro de resignación, Remi llamó a la imponente puerta con molduras doradas y esperó la orden de entrar.

Llegó enseguida, enérgica y firme, pero envuelta en una capa de innegable afecto.

La voz reflejaba fielmente a la mujer que estaba sentada en la butaca, bajo el escudo de armas de la casa real de Montegova.

Su madre hizo un gesto de aprobación cuando inclinó respetuosamente la cabeza antes de sentarse frente a ella.

—Me preguntaba cuánto tiempo ibas a quedarte en la puerta. ¿De verdad te doy tanto miedo? —le preguntó, con un brillo de pesar en los ojos.

Remi observó a su madre para ver si, por una vez, su instinto estaba equivocado. Pero el perfecto peinado, el impecable maquillaje, el clásico traje de Chanel y el broche de esmeraldas y diamantes con los colores de la bandera de Montegova dejaban claro que aquella reunión era exactamente lo que había sospechado que era.

El hacha estaba a punto de caer.

—No me das miedo, pero sospecho que esta reunión no va a hacerme saltar de alegría.

Su madre frunció los labios antes de levantarse del asiento. Era una mujer alta, impresionante, habría llamado la atención aunque no fuese la reina de Montegova. Antes de convertirse en reina había ganado varios concursos de belleza y, cuando se dignaba a sonreír, su sonrisa podía dejar a cualquier hombre sin aliento. Remi lo sabía de primera mano.

Su pelo, que se había vuelto plateado casi de la noche a la mañana diez años antes, tras la muerte de su padre, una vez había sido tan oscuro como el suyo, pero ella llevaba esa señal visible de dolor con la misma entereza con la que había evitado que el reino cayese en el caos tras la repentina muerte del rey y el escándalo que siguió. A los veintitrés años, Remi era demasiado joven para subir al trono, de modo que su madre había ocupado el puesto como regente. Él debía ser coronado el día que cumpliese treinta años, pero entonces habían sufrido una nueva tragedia que dio al traste con sus planes.

Su madre apoyó las manos sobre la pulida superficie del escritorio y lo miró a los ojos.

—Ha llegado la hora, Remirez.

Remi torció el gesto. Su madre no solía usar su nombre completo. De niño, esa nunca había sido una buena señal y seguía sin serlo.

Incapaz de permanecer sentado, se levantó y paseó frente al escritorio.

—¿Cuánto tiempo tengo? ¿Semanas, meses?

No podían ser años. Ya le había dado dos años y, últimamente, había dejado caer que era hora de olvidar y seguir adelante.

—Me gustaría anunciar mi renuncia al trono durante el próximo festival del solsticio —dijo su madre.

La tercera semana de junio.

—Dentro de tres meses —murmuró Remi.

Esa realidad fue como un jarro de agua fría.

—Y eso significa que apenas hay tiempo. Debemos tenerlo todo en orden antes de hacer los anuncios.

–¿Anuncios, en plural?

–No solo voy a renunciar al trono, Remi. También voy a dimitir de mis deberes oficiales durante un tiempo.

Isadora Montegova no era solo la reina, también era miembro del Parlamento.

–¿Vas a renunciar? ¿Por qué?

–Los últimos años han sido muy difíciles para mí y necesito… alejarme un poco de todo.

Si alguien había hecho méritos para retirarse durante un tiempo era su madre, que no solo había sobrellevado estoicamente la repentina muerte de su esposo, sino el subsiguiente escándalo al descubrir el secreto que él había guardado durante décadas.

Pero, en la intimidad, Remi había visto cuánto le dolía. Y él apenas había podido controlar la furia al descubrir que el padre al que adoraba y al que tenía en tan gran estima había sido infiel. Con el paso de los años la ira se había convertido en un sordo resentimiento, pero nunca se había disipado. Porque, además del daño que le había hecho a su madre, ese descubrimiento había provocado caos y confusión en el reino durante años. Unos años muy difíciles para su madre, para él y para Zak, su hermano menor.

Secretos y mentiras. Era un cliché hasta que te ocurría a ti y se enteraba el mundo entero.

–Y eso me lleva al siguiente problema –dijo la reina entonces, tomando una carpeta que deslizó por el escritorio.

Y allí, a todo color, estaba el último motivo de angustia para su madre.

Jules Montegova.

El desabrido hermanastro que les había sido presentado momentos después del entierro de su padre. Un adolescente entonces, un joven de veintiocho años ahora, resultado de una aventura ilícita de su padre mientras estaba en París realizando funciones diplomáticas. La paternidad había sido demostrada gracias a una discreta prueba de ADN.

Jules era el escándalo que había estado a punto de derrocar la monarquía de Montegova. Los paparazzi se habían vuelto locos durante meses, husmeando en cada rincón con la esperanza de descubrir más secretos.

El escándalo habría sido más soportable si Jules no hubiera sido una constante espina en su costado desde que llegó a Montegova diez años antes.

Remi miró la fotografía y apretó los dientes al ver los ojos vidriosos y el aspecto desaliñado de borracho.

—¿Qué ha hecho ahora?

La reina Isadora torció el gesto.

—Deberías preguntar qué no ha hecho. Hace tres semanas se gastó una fortuna en Montecarlo, luego se fue a París y siguió jugando durante cuatro días. El tesorero de palacio se quedó perplejo cuando recibió las facturas. Hace diez días apareció en Barcelona y se coló en una fiesta que el duque Armando había organizado para su sobrina. Desde entonces está en Londres, y en los últimos días en compañía de *esa* mujer —dijo su madre, señalando unas fotografías.

En todas ellas aparecía la misma mujer, de pelo rubio, piernas largas, brillantes ojos verdes, labios carnosos y un cuerpazo como para parar el tráfico. Era impresionante. Con esa sonrisa podría encender una bombilla de diez mil vatios.

Pero había muchas mujeres como ella en el mundo de Remi, todo apariencia y nada de sustancia.

En una de las fotografías exhibía literalmente la ropa interior, como si no le importase que el mundo entero pudiese ver el tanga de encaje mientras le echaba los brazos al cuello a su hermanastro.

Remi las estudió, en silencio. Miró la nariz respingona, los sensuales labios, los altos pómulos, la delicada barbilla, los hombros bronceados y la atractiva curva de sus pechos. Unas piernas interminables completaban el paquete.

Era fabulosa, al menos físicamente, pero Remi estaba seguro de que tendría muchos fallos en otros aspectos. Salvo tal vez en…

–¿Quién es? –preguntó, irritado por la dirección de sus pensamientos. ¿Qué importaba cómo fuese la fulana en la cama?

Su madre volvió a tomar asiento.

–Los detalles están en la otra página. El resto sigue siendo un poco impreciso, pero he visto lo suficiente como para saber que es un problema. Para empezar, Jules no suele quedarse en un sitio más que unos días y lleva dos semanas en Londres. Y, desgraciadamente, estas son las fotografías menos ofensivas. Lo que hay entre ellos tiene que terminar ahora mismo, pero Jules se niega a volver a Montegova –la reina dejó escapar un suspiro–. No sé cómo, pero tengo que encontrar la forma de meterlo en cintura.

Remi miró la última página del informe, la descripción de la mujer que acompañaba últimamente a su hermanastro resumida en cuatro líneas.

Madeleine Myers
Camarera
Veinticuatro años
Dejó la universidad sin terminar los estudios

–¿Quieres que me encargue yo? –le preguntó. Por el bien del país, las payasadas de su hermanastro tenían que terminar.

–Jules no tiene interés en ser miembro de la familia real salvo para facilitarle la entrada en casinos y fiestas, pero esto no puede seguir así. Finge, pero yo sé que te respeta. Incluso diría que le das miedo. A ti te escuchará, Remi. Y tú eres el único que puede resolver esta situación discretamente –la reina se aclaró la garganta–. No podemos permitirnos otro escándalo cuando estás a punto de anunciar tu matrimonio.

Remi se quedó sin habla durante unos segundos.

–¿Qué? –exclamó cuando encontró su voz.

–No me mires con esa cara de sorpresa. Tú sabías que debías contraer matrimonio, Remi. Ibas a hacerlo hace dos años.

Remi experimentó una mezcla de dolor, rabia, amargura y sentimiento de culpabilidad. El dolor de perder a un ser querido no desaparecía nunca, como la rabia por una vida truncada demasiado pronto, por todos los planes que nunca llegaron a buen término. Y la amargura por la crueldad del destino…

Todo había sido culpa suya y por eso tenía que llevar esa pesada cruz.

–Serías rey y estarías casado si Celeste no hubiese muerto –dijo su madre.

El innecesario recordatorio hizo que Remi apretase los dientes.

–Lo sé muy bien, madre –murmuró, con tono helado–. Pero dime una cosa, ¿de dónde voy a sacar una prometida en tres meses?

Su madre abrió un cajón y sacó un papel.

–Aún tengo la lista de candidatas que hicimos hace cinco años.

–Hace cinco años no me rebajé a elegir una esposa de una lista hecha por consejeros y no pienso hacerlo ahora.

–Pero esta vez no hay tiempo y tal vez sea lo mejor. ¡Yo me casé por amor, tú estuviste a punto de casarte con la elegida de tu corazón… y mira dónde nos ha llevado eso!

Remi observó su palidez bajo el maquillaje, las arruguitas de estrés alrededor de los ojos. Él se había hecho cargo de más deberes oficiales en el último año, pero podía ver que el oficio de reina le había pasado factura.

La corona, temporal o no, de verdad era muy pesada.

Una corona que pronto estaría sobre su propia cabeza.

Pero antes de que pudiese decir nada, su madre recuperó el aplomo.

–No voy a quedarme de brazos cruzados viendo cómo todo lo que he levantado en los últimos diez años se hunde de nuevo porque tu sensibilidad no te permite cumplir con tu deber. Irás a Londres, separarás a tu hermanastro de esa mujer y lo traerás de vuelta a casa. Luego elegirás a una prometida y anunciarás tu boda una semana antes del festival del solsticio. Durante el festival, fijaremos la fecha de la boda, que tendrá lugar tres meses después del compromiso. Así tendrás seis meses para acostumbrarte a la idea.

–Madre…

–Es hora de que ocupes tu sitio en el trono, Remirez. Sé que no me defraudarás.

Un minuto después, Remi salía del despacho. Y, como había predicho antes de entrar, todo había cambiado.

Cinco semanas más.

Maddie Myers contuvo el deseo de sacar el móvil

para mirar la hora y ver cuánto tiempo faltaba para que terminase aquella pesadilla.

No debería haber aceptado tan absurda proposición, pero sus opciones eran muy limitadas y, cuando un lujoso Lamborghini la golpeó de refilón y agravó sus desgracias tirando la compra que había pagado con el último dinero que le quedaba, tuvo que aceptar que la situación era desesperada.

Por suerte, había logrado escapar del horrible incidente solo con un par de hematomas, algún pinchazo en las costillas y un brazo dolorido.

En realidad, estaba segura de que el susto de haber estado a punto de ser atropellada era la razón por la que había aceptado la proposición de Jules Montagne. Estaba desesperada y cuando el propietario del Lamborghini mortal le ofreció una solución a sus problemas…

En ese momento estaba pensando en vender uno de sus riñones, así que un tipo forrado de dinero le había parecido una respuesta a sus plegarias. Aunque había tardado cuarenta y ocho horas en aceptar la proposición. Seguramente porque él no había dejado claro por qué la necesitaba. Si había aprendido algo en la vida era a mirar antes de saltar; la confianza ciega ya no era uno de sus defectos.

Había pensado que su madre se quedaría para ayudar a la familia que ella misma había roto. Había confiado en su padre cada vez que le decía que tenía controladas sus adicciones. Y Greg… él había sido el peor de todos.

Cuando Jules Montagne le había dado un ultimátum: «Sin hacer preguntas», el instinto le había dicho que saliese corriendo. Pero por muchas veces que revisase su cuenta bancaria o rebuscase entre sus pertenencias con la esperanza de encontrar algo que pudiese empeñar, el resultado era el mismo.

A su padre le quedaba muy poco tiempo y no tenía más remedio que devolver la llamada de Jules. Por supuesto, su ayuda no era gratuita, por eso estaba vestida como una cara acompañante, escuchándolo hablar con su círculo de zánganos y aristócratas mientras bebían litros de carísimo champán en la sala VIP de una discoteca.

Maddie había dejado atrás el «por qué la vida es tan injusta conmigo» y, tras el abandono de su madre, también había dejado de pensar que había alguna esperanza.

–¡Sonríe! –la apremió Jules–. Miras tu copa como si alguien hubiese muerto.

Ella esbozó una sonrisa falsa, conteniendo el deseo de ponerse a gritar. No, nadie había muerto, pero el hombre que una vez había sido su fuerte y orgulloso padre, un hombre ahora tristemente roto, moriría a menos que ella interpretase su papel y recaudase el pago prometido.

Setenta y cinco mil libras.

El importe exacto de la operación de riñón en Francia.

La cantidad que Jules había aceptado pagarle si fingía ser su novia durante seis semanas.

Maddie levantó la mirada y conectó con los ojos de color metal de su falso novio, el hombre que apenas le dirigía la palabra cuando se alejaban de los paparazzi que los perseguían a todas horas.

–Sonríe, *chérie* –insistió Jules, con un brillo acerado en los ojos, antes de seguir charlando y riendo con sus amigos.

Maddie exhaló un suspiro de alivio, haciendo un

gesto de dolor al sentir un pinchazo en las costillas, y se preguntó si podría sobrevivir a aquello.

La primera vez que salieron juntos, un periodista había preguntado sobre la familia de Jules, específicamente qué pensaba «la reina» de su comportamiento. Maddie había querido saber a qué se refería, pero Jules se había limitado a recordarle la regla de no hacer preguntas.

Aunque necesitaba dinero desesperadamente, la posibilidad de que fuese miembro de una familia real la ponía nerviosa y no tenía intención de responder a las preguntas de los reporteros. Jules había sugerido que llevase auriculares con la música a todo volumen y decidió hacerlo. Después de todo, no podía responder a preguntas que no había escuchado.

Su aparente antipatía debía de haberle granjeado muchas críticas en las redes sociales, pero lo bueno de tener que vender tu ordenador portátil para comprar comida o usar el móvil solo para llamadas de emergencia era una bendita ignorancia. Era mejor no saber lo que decían de ella.

De modo que allí estaba, firmemente instalada en el país de las maravillas, sin saber por qué se hacía pasar por la novia de un hombre guapo, caprichoso y tal vez miembro de una familia real que viajaba con dos guardaespaldas.

Jules pidió otra media docena de botellas de Dom Perignon y después le hizo un gesto a uno de sus guardaespaldas, con el que desapareció en la parte trasera de la discoteca.

La sospecha de haberse aliado con un hombre que había tomado el mismo camino que su padre fue suficiente para que se levantase del asiento. No sabía qué iba a hacer si encontraba a Jules tomando drogas, pero no podía contener la rabia.

Estaba en medio de la sala cuando un alboroto en la puerta llamó su atención. Dos guardaespaldas, más altos y fornidos que los que seguían a Jules, apartaron a la gente y Maddie se quedó sin aliento al ver al hombre que apareció tras ellos.

Helada, inmóvil, estaba segura de que el humo artificial y las luces de la discoteca hacían que se imaginase a la magnífica criatura que tenía delante.

Pero no, era de carne y hueso. Y, a juzgar por la autoridad con la que se movía, y los guardaespaldas que formaron una barrera semicircular a su alrededor, de sangre real.

Había algo vagamente familiar en él, aunque estaba segura de no haber visto nunca esa mandíbula cuadrada, esos pómulos altos y esos labios tan sensuales. Unos ojos como plata bruñida brillaban bajo unas cejas arqueadas mientras se abría paso entre la gente.

Cuando se acercó, Maddie pensó que debería apartar la mirada, no por vergüenza o incomodidad, sino por instinto de supervivencia. El desconocido irradiaba un extraño poder que la empujaba a alejarse de su órbita antes de que se la tragase entera.

Y, sin embargo, no podía moverse. No podía dejar de mirar al hombre que se movía como un felino a la caza. Totalmente absorbente, hipnótico.

Cuando se acercó a ella, su aroma, tan poderoso como el propio hombre, invadió sus sentidos. Olía a hielo y a tierra, algo tan especial, tan único que podría haberse quedado allí respirándolo durante una eternidad.

–¿Dónde está? –le preguntó.

Su altivo tono le provocó un escalofrío. Habían bajado el volumen de la música y notó que tenía una voz profunda, con una traza de acento. Y supo que cuando aquel hombre hablaba no malgastaba saliva.

—¿A quién se refiere?

—Al hombre con el que ha venido.

Jules apareció entonces.

—¿Qué haces aquí? —le preguntó, con tono de rabia, pánico y desafío.

Y Maddie se dio cuenta entonces de que el recién llegado la conocía, sabía que estaba con Jules.

—¿Qué creías que iba a pasar cuando te niegas a responder a nuestras llamadas? —le espetó el desconocido con tono helado—. ¿Pensabas que no íbamos a intervenir?

—Tú no…

—No voy a mantener esta conversación aquí, mientras tú estás en ese estado. Ve a mi hotel mañana por la mañana, entonces hablaremos.

Cada frase era una orden que no admitía desacuerdo o desobediencia.

Jules irguió la espalda, mirándolo con gesto de desafío.

—*Pas possible*. Tengo planes para mañana.

El hombre lo fulminó con la mirada.

—Según tu ayudante, lo único que tienes que hacer es dormir la borrachera. Te espero en mi suite a las nueve en punto. ¿Está claro?

Se miraron durante unos segundos, en silencio, y por fin Jules asintió bajo la mirada implacable. El desconocido giró la cabeza hacia ella y la miró de arriba abajo, desde el moño suelto a las sandalias de tacón. Su mirada parecía quemarla y Maddie quería retroceder, apartarse, pero había algo extrañamente hipnótico en sus ojos que la mantenía inmóvil.

—*Viens, mon amour*, vamos a casa —dijo Jules entonces, tomándola del brazo.

Maddie hizo una mueca. Nunca la había llamado así

ni la había invitado a su casa. En general, cuando salían de algún club o restaurante, y los paparazzi perdían interés por ellos, uno de sus guardaespaldas la metía en un taxi.

–Son las dos de la mañana y ya has bebido suficiente –dijo el desconocido–. Vete a dormir. Yo me encargaré de que la señorita Myers llegue a su casa sana y salva.

–Crees que no va a mi casa –protestó Jules, con un brillo de rabia en los ojos–. Crees que no es mi novia.

–¿Lo es? –preguntó el hombre, clavando en ella sus ojos grises.

–Esa no es la cuestión –respondió Jules antes de que Maddie pudiese decir nada.

–O lo es o no, responda a la pregunta.

–No vivimos juntos –dijo Maddie por fin.

Jules apretó los dientes, pero ella no hizo caso. Si quería dar la impresión de que su relación era más seria debería habérselo dicho. Se sentía incómoda con el subterfugio y aquello era demasiado.

–Vete al hotel, Jules –le ordenó el desconocido, mirando la mano que había puesto en su brazo.

Jules murmuró una palabrota en francés y luego, de repente, la envolvió en sus brazos y se apoderó de sus labios.

El beso terminó en unos segundos, pero el sorprendente atropello dejó a Maddie atónita y furiosa. Vio a Jules salir de la discoteca sin mirar atrás y tuvo que contener el deseo de pasarse el dorso de la mano por la boca para borrar la huella de tan desagradable caricia.

Sabía que la había besado para enfadar al hombre dominante que estaba frente a ella. Y sabía también que, a pesar del deseo de borrar toda traza del beso, esa revelación podría costarle cara.

—Venga —dijo él abruptamente. Luego, como Jules, se dio media vuelta.

Maddie sacudió la cabeza, perpleja. No tenía la menor intención de seguir a aquel arrogante y atractivo desconocido. Solo quería volver al apartamento que compartía con su padre, a la seguridad y la incomodidad de su diminuta cama.

Los cuchicheos, y los móviles que apuntaban en su dirección, hicieron que se apresurase. Aún no sabía qué había pasado unos minutos antes, pero no pensaba quedarse allí soportando las miradas de todos.

Hablaría con Jules por la mañana, pensó. Por el momento, lo más importante era comprobar que su padre aguantaba un día más sin sucumbir a la adicción que había destrozado no solo su vida, sino la suya.

Intentando no pensar en su triste vida, Maddie dio media vuelta… y se encontró con una pared de músculo.

—¿Señorita? Venga conmigo, por favor.

Era uno de los guardaespaldas. El desconocido había dejado atrás un escolta para asegurarse de que obedeciese sus órdenes.

Tenía que tomar una decisión. Quedarse allí y batallar con un montón de chismosos o salir de la discoteca y batallar con un desconocido que, por alguna razón, la asustaba y la excitaba al mismo tiempo.

—Dios mío, ¿tú lo has visto? —escuchó una voz femenina.

—Es como un dios, guapísimo de morirse.

—¿Pero quién es?

Maddie dio un paso adelante, convencida de que el guardaespaldas era capaz de cargársela al hombro si vacilaba.

Cuando salió a la calle y vio la brillante limusina

aparcada en la puerta sintió un escalofrío. Y no tenía nada que ver con el fresco aire de marzo.

La luz del interior estaba apagada y, a la luz de las farolas, Maddie solo vio unas piernas masculinas y unos zapatos de piel.

–Suba, señorita Myers –la orden era seca e impaciente, pero ella miró a su alrededor. Estaba segura de que podría salir corriendo–. Le aconsejo que no se moleste –dijo él entonces.

Maddie quería desobedecer la orden con todas las fibras de su ser, pero sabía que no serviría de nada. Aquel hombre emanaba poder y autoridad. Además, sus guardaespaldas estaban en inmejorable condición física.

De modo que, suspirando, subió a la limusina. Cuanto antes terminase aquello, antes estaría en su casa, se dijo a sí misma. Tenía que ir a trabajar en unas horas.

En cuanto subió al coche, la puerta se cerró tras ella. Durante unos tensos segundos fingió interés por el lujoso interior de la limusina, pero, cuando por fin lo miró, el brillo de sus ojos grises la dejó temblando.

–¿Quién es usted y por qué me conoce? –le preguntó.

–Mi nombre es Remírez Alexander Montegova, príncipe de Montegova. Y sé quién es usted porque un equipo de investigadores me ha dado esa información. Y ahora, dígame qué quiere a cambio de alejarse de mi hermano.

Capítulo 2

S U HERMANO? –exclamó Maddie.

–En realidad, mi hermanastro. Tenemos el mismo padre –respondió él con tono helado.

–Pero él se llama Jules Montagne y es francés.

Mientras que el acento de aquel hombre era una extraña mezcla de italiano, francés y español.

El príncipe Remirez se encogió de hombros.

–Jules nació en Francia y sospecho que el nombre que utiliza es una artimaña para despistar.

–¿Para despistar a quién? –preguntó ella, pensando que todo empezaba a tener sentido.

Parecía más grande en el interior de la limusina; el pelo negro brillante, los hombros bajo la chaqueta más anchos e imponentes.

–A los buscavidas, a los aprovechados –respondió por fin, con tono acusador.

Sin duda, la acusación iba dirigida contra ella, y Maddie se enfadó consigo misma porque ni siquiera eso parecía calmar el calor que sentía entre sus muslos.

–Ah, ya entiendo.

–Seguro que sí –replicó él, irónico.

Maddie se apoyó en la puerta de la limusina, pero se apartó enseguida, haciendo un gesto de dolor.

–¿Dónde me lleva? –preguntó, frotándose el antebrazo sin darse cuenta.

–Donde dije que la llevaría, a su casa –respondió él–. ¿Qué le pasa en el brazo?

–Nada, estoy bien. ¿Sabe dónde vivo?

–Sí, lo sé. Y también sé dónde trabaja, dónde estudió y quién es su dentista.

Ella lo miró, aprensiva.

–¿Es una amenaza?

–No, solo digo lo que sé. Después de todo, la información es poder, ¿no? ¿No ha subido a este coche buscando información?

–He subido al coche porque usted ha enviado a su guardaespaldas a buscarme.

–No la ha tocado –dijo él con tono seco, como dando a entender que no la había tocado porque él no había ordenado que lo hiciese.

–Ah, vaya, entonces debo considerarme afortunada.

Lo sabía todo sobre ella, pensó. ¿Sabría también lo de su padre, lo de su madre, lo de Greg? ¿Conocería los bochornosos secretos que la perseguían cada día?

–No ha respondido a mi pregunta.

–Y no pienso hacerlo porque es insultante –dijo Maddie–. ¿Cree que puede darme dinero para que haga lo que usted quiera? Pero si no le conozco de nada…

–No le he ofrecido nada porque usted no me ha dicho su precio. ¿Desde cuándo conoce a Jules?

–No sé por qué importa eso…

–Lo conoce desde hace una semana –la interrumpió él–. Ha salido con él casi cada noche y, sin embargo, nunca ha ido a su casa.

–Eso no significa nada.

–Al contrario, eso me lleva a pensar que me oculta algo. ¿Qué es, señorita Myers?

–Sexo, drogas y rock and roll, por supuesto –respondió ella, irónica.

–Sé que Jules no toma drogas.

–¿Cómo lo sabe?

–Es una condición para que el tesorero de palacio le dé dinero. A cambio de una generosa asignación, Jules se hace pruebas todos los meses.

Aunque esa información disipó sus miedos, también era una revelación turbadora.

–¿Se hace pruebas? ¿Está diciendo que le pagan para que no se drogue?

El príncipe torció el gesto.

–Entre otras cosas –murmuró.

–¿Qué cosas? –le preguntó ella, pensando que era hora de saber algo más sobre el hombre que había prometido pagarle por fingirse su novia.

–Cosas que no son asunto suyo –respondió el príncipe–. Pero le advierto que si algo de esto sale en los periódicos la demandaré por todo lo que tiene.

–Sí, pues buena suerte –replicó ella.

–¿No me cree?

Maddie suspiró, aliviada, cuando la limusina se detuvo frente al portal de su casa.

–No, quiero decir que no va a encontrar nada de valor por lo que demandarme.

En cuanto pronunció esas palabras quiso retirarlas, pero era demasiado tarde.

–Está en la miseria –dijo él.

Maddie sintió una oleada de vergüenza y rabia.

–Mi vida no es asunto suyo. Y, si no da por sentado que soy una buscavidas que está deseando llamar a algún periodista, yo no pensaré que usted es un rico y pomposo imbécil que mira al resto de los mortales por encima del hombro.

–No tengo pruebas de que sea una buscavidas, pero

sé que es una exhibicionista –respondió él, con ese carismático acento.

–¿Disculpe? ¿Qué derecho tiene…? –Maddie no terminó la frase, sintiendo que le ardía la cara.

«Ay, Dios».

El vestido se le había subido casi hasta la entrepierna y el top escotado no lograba ocultar todo lo que debería. El vestuario del que Jules le había provisto para sus salidas nocturnas era una de las muchas cosas que le disgustaban de aquel acuerdo, pero una de las cosas que él había exigido.

–Le sugiero que se calme –le aconsejó él.

Su voz profunda y su ardiente mirada calentaban sitios que no deberían calentar y Maddie tiró del vestido, sabiendo que estaba siendo juzgada y condenada.

–¿Hemos terminado?

–Eso depende.

–¿De qué depende?

Él se limitó a sonreír, pero esa sonrisa provocó llamas de fuego en su vientre.

Maddie estaba a punto de exigir una respuesta cuando alguien abrió la puerta del coche.

–Lo descubrirá en su momento. Buenas noches, señorita Myers.

Desde que se vio obligada a abandonar sus estudios de psicología infantil y volver a casa para cuidar de su padre, las noches de Maddie habían estado plagadas de preocupaciones. No dormir era algo habitual y el crujido de los baratos listones bajo el colchón era el acompañamiento discordante de sus ansiedades.

Sin embargo, esa noche otros pensamientos, otras imágenes daban vueltas en su cabeza y lo que le impedía dormir era una extraña mezcla de emociones. Incredulidad por haber conocido a un príncipe de verdad, un príncipe guapísimo que parecía salido de la gran pantalla. Furia porque estaba amenazándola. ¿Deseo? No, no iba a pensar en eso.

Y ansiedad.

Era evidente que el príncipe tenía un gran poder sobre su hermanastro, a pesar de la actitud desafiante de Jules. ¿Se atrevería a negarle lo que Jules le había prometido?

Este último pensamiento la mantuvo despierta hasta que por fin saltó de la cama antes de que sonase el despertador a las seis.

Su padre ya se había levantado, aunque no estaba vestido, cuando llegó a la cocina. Maddie se detuvo en la puerta, conteniendo el aliento mientras lo examinaba. Estaba demacrado, el resultado de un fallo renal provocado por los fuertes analgésicos a los que se había hecho adicto cuando su próspera inmobiliaria se hundió diez años antes.

Había escondido sus adicciones durante años para mantener las apariencias y aferrarse a una esposa que esperaba un cierto estilo de vida y exigía que su marido se lo proporcionase.

Una sobredosis había sacado todo a la luz tres años antes, mostrando el sorprendente daño que Henry Myers había hecho a su cuerpo. Y también había sido el principio de muchas promesas de dejar las drogas, de muchas recaídas, y de la ruina en la que se veía sumida.

Por fin, pasar de una vida acomodada a cuidar de un adicto en un apartamento diminuto en uno de los barrios más pobres de Londres había sido demasiado para su madre.

Años atrás, su padre había sido un hombre rico y

admirado por sus colegas. Maddie había sido una niña mimada y alegre, con una madre más interesada en comprarle vestidos que en darle afecto y un padre cariñoso, aunque siempre ocupado.

Pero su vida había dado un vuelco tras una llamada de Priscilla Myers, cuando Maddie estaba en la universidad. Estaba harta, le había dicho. Tenía que volver a casa para cuidar de su padre porque ella ya no podía más y no estaba dispuesta a seguir viviendo en la pobreza. En su tono no había vergüenza ni sentimiento de culpabilidad por abandonar a su marido y a su hija. Se había marchado sin mirar atrás y sin dejar una dirección.

Maddie intentó contener la angustia mientras entraba en la cocina.

—Te has levantado muy temprano —le dijo.

Su padre se encogió de hombros.

—No podía dormir.

—¿Quieres desayunar? ¿Tostadas y té? —le preguntó ella, intentando animarse.

Su padre evitaba su mirada, señal de que los demonios de la adicción estaban pisándole los talones de nuevo. Se le encogió el corazón. Si pudiese, se tomaría el día libre y se quedaría en casa para ofrecerle el apoyo que necesitaba.

—La señora Jennings vendrá dentro de un rato —le dijo, intentando sonreír—. Ella te hará la comida si tienes hambre.

Su padre no dijo nada y Maddie intentó no sentirse culpable. La desesperación le había llevado a pagar a la vecina una pequeña cantidad por cuidar de él unas horas al día y su padre lo sabía.

Después de que lo sacasen de la lista de trasplantes dos veces, por culpa de sendas recaídas, había recurrido a todo tipo de tretas para vigilarlo, pero las últimas pruebas habían revelado que en unas semanas podría tener un fallo renal grave.

Los médicos le habían dicho que no aprobarían la operación a menos que estuviese limpio durante al menos seis meses y, por el momento, no había recaído, pero necesitaba dinero para pagar la operación; un dinero que dependía de que cumpliese el trato con Jules Montagne. Corrección, Jules Montegova, hermanastro del príncipe Remirez Alexander Montegova.

La imagen del imponente hombre de ojos grises hizo que sintiera un escalofrío en la espina dorsal.

Horas después, cuando terminó de atender a los clientes del desayuno en el café en el que trabajaba, Maddie empezaba a estar preocupada de verdad.

Normalmente, Jules le enviaba un mensaje por la noche, antes de irse a la cama, diciéndole dónde y cuándo volverían a verse. Y, cuando a mediodía seguía sin saber nada de él, su preocupación se convirtió en auténtica ansiedad.

No quería malgastar preciosos minutos del móvil con él, pero tenía la impresión de que ocurría algo. Tanto dependía de ese acuerdo con Jules que no podía dejarlo pasar, de modo que decidió llamarlo durante la hora del descanso.

–¡Madre mía, es el príncipe Remirez! –exclamó Di, otra camarera que estaba limpiando las mesas.

Maddie estuvo a punto de soltar la docena de tenedores que tenía en las manos.

–¿Qué?

Di, boquiabierta, señaló la calle, frente a la puerta del café. Y allí estaba el hombre en el que había pensado durante demasiadas horas por la noche, examinando el cartel del café con el mismo desdén que había mostrado por su barrio la noche anterior.

El sol de marzo se abrió paso entre las nubes en ese momento, subrayando su altivo rostro. Estaba convencida de haber exagerado su atractivo la noche anterior. Ahora, con el sol acariciando sus espectaculares facciones, Maddie no tenía la menor duda de que el heredero del trono de Montegova era un magnífico ejemplar masculino de la cabeza a los pies.

—¿Lo conoces, Di? —preguntó, apartando la mirada de esas cautivadoras facciones.

Su compañera puso los ojos en blanco.

—Por favor, todas las mujeres del mundo saben quién es. Su hermano Zak también es guapísimo. Pero no entiendo qué hace aquí. ¡Ay, Dios mío, que va a entrar!

Maddie se dio la vuelta, rezando para que Di estuviese equivocada. No estaba allí por ella, no podía ser. En la discoteca, siendo la acompañante de su hermano, era fácil explicar el pasajero interés de un príncipe por ella… pero allí, entre cubiertos de plástico y comida barata, era difícil entender por qué el hombre más atractivo del mundo iba a buscarla.

Pero ¿por qué otra razón iría allí?

Di siguió parloteando mientras Maddie, de espaldas a la puerta, fingía ocuparse en colocar los cubiertos.

Un momento después, se hizo el silencio en el café y oyó las firmes pisadas del hombre que parecía creerse el dueño del universo.

—Señorita Myers…

«Ay, Dios». No se había imaginado el impacto de su voz. Y tampoco se había imaginado el efecto en su pulso.

Intentó disimular mientras se daba la vuelta, pero sin darse cuenta soltó los cubiertos que tenía en la mano y el estruendo fue atronador.

Con el rostro ardiendo, Maddie se inclinó para recogerlos a toda prisa. Se negaba a levantar la mirada, se negaba a reconocer la existencia del hombre vestido con un traje de chaqueta que seguramente costaba más de lo que ella ganaba en un año.

–¿Señorita Myers?

Maddie tuvo que levantar la cabeza y sus ojos se encontraron con los ojos de color gris plata en los que había un brillo de burla.

–¿Sí? –consiguió decir, con voz estrangulada. Era la vergüenza por lo que su voz sonaba tan ronca, no por el calor que sintió en la pelvis al notar que sus ojos estaban a la altura de la entrepierna masculina.

Se quedó inmóvil cuando el príncipe Remirez le ofreció su mano. No podía rechazarla sin ofenderlo, de modo que la aceptó. Una vez había leído una novela en la que la heroína describía una sensación como una descarga eléctrica al tocar la mano del hombre de sus sueños. Entonces había puesto los ojos en blanco, incrédula. Ahora envió una silenciosa disculpa al criticado personaje. El príncipe Remirez nunca sería el hombre de sus sueños, pero nunca podría tocar la mano de un hombre sin recordar ese momento.

Él no parecía afectado en absoluto por ese roce, pero sí pareció darse cuenta del gesto de dolor que se le escapó cuando tiró de su brazo.

Cuando pudo respirar de nuevo, Maddie miró furtivamente a su alrededor. Como sospechaba, todo el mundo estaba observándolos. Incluido su jefe, aunque su curiosidad empezaba a convertirse en irritación.

–¿Quiere una mesa… Alteza? –le preguntó, sin saber si esa era la forma correcta de dirigirse a un príncipe–. Puede elegir la que quiera. Yo le atenderé en cuanto termine de…

—No he venido a comer, señorita Myers —la interrumpió él, sin molestarse en bajar la voz o disimular su desdén.

—En ese caso, no sé en qué puedo ayudarlo. Estoy trabajando

—Es en su propio interés encontrar tiempo para mí. Ahora mismo.

A punto de negarse, porque su corazón se había vuelto loco y porque aquel hombre era demasiado… todo, Maddie lo pensó un momento. Algo en su tono de voz le advertía que no debía rechazarlo.

Recordó entonces que había ordenado a Jules que fuera a su suite esa mañana. ¿Le habría contado Jules la verdad sobre su relación? ¿Era por eso por lo que estaba allí?

Era la una. En media hora el café estaría lleno de clientes.

—Jim, ¿puedo tomarme el descanso ahora? Te compensaré más tarde si hace falta.

El chef, que también era el dueño del café, miró al príncipe Remirez intentando disimular su irritación.

—Muy bien, de acuerdo.

Maddie entró en el almacén para cambiarse de ropa y salió unos minutos después con el bolso al hombro. Había un grupo de gente en la puerta, todos dispuestos a captar con sus móviles la imagen del hombre más cautivador del mundo.

—Estaremos mejor en el coche —dijo el príncipe, poniendo una mano en su cintura para empujarla en dirección a la puerta abierta de la limusina.

La puerta se cerró y Maddie tragó saliva, intentando controlar la loca urgencia de hundir la cara en su cuello y ahogarse en su aroma, letal y adictivo para cualquier mujer.

«Adictivo».

Esa palabra hizo que volviese a la realidad.

–Muy bien, Alteza. Tiene quince minutos.

Él tiró de los puños de su camisa y apoyó las elegantes manos sobre los muslos antes de clavar los ojos en ella.

–Su relación con Jules ha terminado –anunció.

Intentando no asustarse, Maddie sacó el móvil del bolsillo.

–Si no le importa, prefiero que me lo diga él personalmente.

–Ahora mismo está en un avión con destino a Montegova. No volverá a verlo ni a hablar con él. Su número ha sido bloqueado, así que puede ahorrarse la molestia.

Maddie sintió un escalofrío.

–¿Por qué hace esto?

Él metió una mano en el bolsillo de la chaqueta y sacó una tarjeta de color burdeos con letras doradas.

–He venido para decirle que estoy dispuesto a escuchar su versión de la historia –le dijo, señalando la tarjeta–. Mi dirección y mi número privado están en el dorso. Tiene veinticuatro horas para usarla. Después de eso, tampoco podrá ponerse en contacto conmigo.

Capítulo 3

LA NOCHE anterior, al verla en persona por primera vez, Remi había pensado que era una belleza excepcional. En aquel momento, de día y tan cerca, le parecía aún más exquisita.

La belleza de Maddie Myers era extraordinaria, única. Era incomprensible que tuviese un aspecto tan fabuloso con ese insulso uniforme de camarera. Él había salido con muchas mujeres guapas, pero Madeleine Myers provocaba en él un deseo que no era capaz de controlar.

Un deseo que despertó a la vida en cuanto entró en el café y se intensificó cuando ella se puso de rodillas para recoger los cubiertos.

Muchos años perfeccionando el arte de disimular sus sentimientos lo habían salvado de mostrar su reacción, pero esa imagen estaba grabada en su cerebro y se volvió morbosa al ver que ella entreabría los labios.

—¿Jules se ha ido de verdad?

Remi apretó los dientes porque no le apetecía hablar de su hermanastro con aquella mujer.

—Sí.

Unas cejas algo más oscuras que su pelo se unieron en un gesto de confusión.

—Pero… no lo entiendo.

—¿Qué es lo que no entiende? Mi hermanastro por fin ha decidido portarse como un adulto y aportar algo a su país.

–¿Así, de repente? –preguntó ella, escéptica.

–No, claro que no. Me ha costado mucho convencerlo.

–¿Y ha venido a Londres para eso?

El príncipe se encogió de hombros.

–Era hora de que alguien lo hiciese.

–¿Y ha dicho algo sobre mí?

–¿Qué iba a decir? –respondió él, irritado.

Suspirando, Maddie giró la cabeza para mirar por la ventanilla y Remi siguió estudiándola. Aunque sujetaba el asa del bolso con gesto nervioso, su expresión no reflejaba la angustia de una amante descartada. La actitud de Maddie Myers traicionaba más bien su frustración y su miedo.

Jules había sido importante para sus planes. Unos planes que habían sido frustrados.

–No le devolvió el beso –dijo entonces. Porque tenía que asegurarse.

Ella giró la cabeza, mirándolo con gesto de extrañeza.

–¿Qué?

–Anoche, el supuesto beso. Usted no se lo devolvió. De hecho, parecía extrañamente apática.

Maddie Myers lo miró con una altivez de la que sus tutores se habrían sentido orgullosos.

–Creo que está equivocado.

–No, no es verdad. ¿Por qué está con él?

–Al parecer, Jules está a muchos kilómetros de aquí. Por lo tanto, por qué estábamos juntos ya no importa.

–Importa si tiene intención de ponerse en contacto con él en cuanto yo me dé la vuelta. Si es así, le aconsejo que no lo haga.

Ella lo miró con gesto desafiante.

–No sé cómo podría impedírmelo. En cuanto salga de este coche no tengo la menor intención de volver a verlo.

–Se engaña a sí misma si cree que va a librarse de mí tan fácilmente.

–Y usted se engaña a sí mismo con… este interrogatorio. Yo no le debo nada. He subido al coche por cortesía y quiero volver a mi trabajo antes de que mi jefe se enfade.

Intentó abrir la puerta, pero él la sujetó por la muñeca, con la furia mezclada con algo más alarmante. Aunque se decía a sí mismo que no tenía nada que ver con la suavidad de su piel.

–¿Es usted siempre tan temeraria? –le espetó con tono seco.

–¿No le ha preguntado a su hermano cómo nos conocimos?

Lo único que él quería de Jules esa mañana era que subiese al avión que lo llevaría de vuelta a Montegova y que prometiese no volver a ponerse en contacto con Madeleine Myers. La discusión sobre sus deberes y responsabilidades quedó aparcada cuando se dio cuenta de que su hermanastro tenía una resaca espantosa.

–El tema no ha salido.

–Pues estuvo a punto de atropellarme con su cochazo. Así nos conocimos.

Remi apretó los dientes. Durante los últimos dos años había repasado en su cabeza todo lo que podría haber hecho para evitar la muerte de Celeste, y la imagen de Maddie Myers sin vida sobre el pavimento despertó esos demonios de nuevo.

–¿Jules la atropelló?

Sin darse cuenta había apretado su brazo y, al ver su mueca de dolor, todo empezó a encajar en su sitio.

–Aparte de algunas magulladuras, yo diría que la bolsa de la compra sufrió peor suerte que yo.

–No sea frívola.

–No soy frívola, es que no tuvo mayor importancia. Por suerte, claro.

–¿Fue entonces cuando llegó a un acuerdo con él?

–Esta conversación ha terminado. Adiós, Alteza.

Remi no tenía intención de dejarla ir hasta que hubiese ahondado en esa nueva revelación.

–He cambiado de opinión. Ya no tiene veinticuatro horas –le dijo, tomando la tarjeta que ella había dejado sobre el asiento para guardarla en el bolsillo de la chaqueta. Luego le hizo un gesto al chófer, que arrancó de inmediato, dejando atrás el café.

–¿Se puede saber qué hace? –exclamó Maddie.

–Vamos a dar un paseo. En una hora tendrá que decidir que deja su trabajo en el café o volverá y su jefe será adecuadamente compensado por su ausencia. En cualquier caso, usted no perderá nada. Póngase el cinturón.

–¡No sé cómo funcionan las cosas en su país, pero aquí esto se llama secuestro!

Maddie intentó abrir la puerta del coche y Remi le sujetó el brazo, notando lo suave que era su piel y el estremecimiento que pareció traspasar a sus dedos.

–No me toque –musitó ella, con voz entrecortada, como si también la hubiese afectado el roce.

A regañadientes, Remi la soltó, pero Madeleine lo miraba como si tampoco entendiese la extraña química que había entre ellos.

–Dígame por qué quiere ponerse en contacto con Jules –Remi frunció el ceño–. ¿Y por qué no hay un informe sobre una visita al hospital?

–¿Un informe? ¿Por qué se cree con derecho a investigarme?

–¿Por qué no hay un informe del hospital? –insistió él.

–Porque su hermano no me llevó a ningún hospital.

En esa ocasión, Remi no pudo contener una palabrota.

–¿La atropelló y usted no exigió que la llevase al hospital?

–Ya le he dicho…

–Está intentando ocultar que le duele el brazo. O intenta engañarse a sí misma pensando que es una lesión sin importancia o hay otra razón por la que está dispuesta a enterrar la cabeza en la arena.

–En cualquier caso, no tiene nada que ver con usted –replicó ella.

–Ahí es donde se equivoca, señorita Myers.

Remi pulsó el interfono y habló brevemente con el chófer.

–¿Qué quiere decir? –le preguntó Maddie.

–Es mi obligación cerciorarme de que nada de lo que haga ningún miembro de mi familia pueda afectar a la corona. Ahora creo entender lo que había entre mi hermanastro y usted, pero quiero que me lo cuente.

–No sé a qué se refiere.

–Voy a llevarte al hospital, Madeleine –dijo él entonces, tuteándola por primera vez–. Puedes protestar si quieres, pero te aseguro que cuanto antes solucionemos esto, antes podremos librarnos el uno del otro.

–Muy bien, de acuerdo.

–Estupendo –murmuró Remi, alargando un brazo para ponerle el cinturón de seguridad e intentando rozarla lo menos posible.

Unos minutos después, la limusina se detenía frente a un elegante edificio en la calle más cara de Londres.

–¿Dónde estamos?

—En la consulta privada de mi médico.

—¿Una clínica privada en la calle Harley?

—¿Qué importa dónde esté la clínica?

—Claro que importa. Yo no puedo pagar un médico privado –protestó ella, agitada, mientras se quitaba el cinturón de seguridad.

—*Dio*, cálmate. Vas a agravar la lesión.

—Para empezar, no sabemos si tengo una lesión. Y deje de darme órdenes.

Remi tomó aliento, recordándose a sí mismo por qué estaba haciendo aquello: por su familia, por su país.

Por razones que pensaba averiguar antes de que terminase el día, ni Jules ni sus guardaespaldas le habían informado del incidente. No quería ni imaginarse lo que dirían en la prensa si lo supieran y tenía que hacer las cosas bien para evitar un escándalo.

Pero había otra razón, tuvo que admitir. No quería que se repitiera la historia. No quería pasar noches en vela sintiéndose culpable por la desgracia de otra persona, aunque esa persona fuera aquella bellísima rubia que no se parecía nada a Celeste y que, sin embargo, lo excitaba de un modo sorprendente.

—Yo valoro mi tiempo y mi privacidad. Te aseguro que aquí encontraremos eso y te aseguro también que no tendrás que pagar nada. ¿Alguna objeción más?

Maddie negó con la cabeza antes de salir del coche. Él la siguió, diciéndose a sí mismo que el cosquilleo que sentía en los dedos no era por el deseo de volver a tocarla, de poner la mano en su delicada cintura para guiarla hasta la puerta de la clínica. Pero sabía que era mentira.

Una enfermera acompañó a Maddie a una consulta para hacerle las pruebas y, una hora después, Remi miraba por la ventanilla de la limusina mientras se dirigían al hotel.

–¿Ha exigido que me hiciera todas esas pruebas y ahora no va a decir nada? –le espetó Maddie, irritada.

Él siguió mirando por la ventanilla. Le parecía más seguro porque verla con un brazo en cabestrillo provocaba en él una ira incontenible.

–Una fisura en el cúbito, dos en las costillas y magulladuras profundas en la cadera izquierda que tardarán semanas en curar.

Las palabras salían de sus labios como fragmentos de cristal.

–Sé lo que ha dicho el médico. Yo también estaba allí.

Remi sabía que ella no tenía la culpa, pero, incapaz de controlarse, se dio la vuelta y sujetó su cara entre las manos.

–No sé con quién estoy más enfadado, contigo por no haberle pedido a mi hermanastro que te llevase al hospital o con él por ser tan irresponsable y por haberme puesto en esta situación –murmuró sobre su boca.

Ella, siendo sensata por una vez, no dijo nada. Pero, en el silencio, Remi notó su agitada respiración, el calor de su piel, el salvaje pulso que latía en su garganta, la aterciopelada suavidad de sus labios.

Sabía que era un error, pero pasó el pulgar por su labio inferior y tuvo que contener un gemido cuando ella abrió la boca…

Por suerte, enseguida recuperó el sentido común. Como la vergüenza y el sentimiento de culpabilidad.

«Celeste».

Cada momento que pasaba con aquella mujer, comportándose como un animal, traicionaba el recuerdo de su difunta prometida. Y lo arrastraba más al lodazal del que estaba empezando a temer que nunca podría librarse.

La última planta del hotel Four Seasons estaba siempre reservada para la familia real de Montegova, ya que visitaban Londres con frecuencia. Y la mayor ventaja era el acceso privado que evitaba miradas indiscretas. No quería testigos de su agitación y tampoco tener que explicar por qué llevaba a su suite a una mujer con un uniforme de camarera y un brazo en cabestrillo.

Una mujer preciosa, peligrosa y con unos labios que parecían tan suaves como la seda.

Remi apretó los puños, maldiciendo el mal momento que había elegido su libido para despertar.

A pesar de las revelaciones de las últimas horas, no había cambiado de opinión sobre Madeleine Myers, una típica buscavidas intentando sacar provecho de un infortunado accidente.

Pero Jules la había atropellado y podría haberla matado.

Remi recordó a Celeste, pensando en la fragilidad de la vida. Las circunstancias de la muerte de su prometida y el accidente de Maddie eran totalmente distintas. Sin embargo, él sentía la misma impotencia.

–¿Nadie le ha dicho que es una grosería mirar fijamente a una persona? –le espetó ella mientras esperaban el ascensor.

–Nadie se atrevería a hacerlo –respondió Remi, maldiciendo a Jules en silencio.

Pero no era culpa de su hermano que se viera atrapado por el pasado. La conversación con su madre había sacado un tema en el que no quería pensar y que, sin embargo, tenía que afrontar lo antes posible.

Cuando salieron del ascensor unos segundos después, le sorprendió que Maddie no mostrase admiración por los cuadros y esculturas que había en el pasillo. Todos los visitantes se quedaban admirados por la opulencia y grandiosidad de la suite. Su madre no había ahorrado en gastos cuando encargó la decoración cinco años antes.

Aun así, Remi seguía convencido de que buscaba algo y estaba decidido a averiguar qué era.

—¿Podemos terminar con esto de una vez para que pueda volver a mi vida normal? –le espetó ella.

—¿Eso es lo que piensas hacer cuando salgas de aquí, volver a tu vida y olvidarte de Jules y de mi familia?

Maddie frunció el ceño.

—Por supuesto. ¿Qué otra cosa cree que voy a hacer?

—Detesto a los mentirosos, Madeleine.

—Y yo detesto a los abusones, así que estamos en paz.

—Siéntate.

—No, gracias. No pienso estar aquí mucho tiempo.

—Estarás aquí el tiempo que yo diga.

—O el tiempo que tarde en llamar a la policía –replicó ella, indignada–. He venido aquí por voluntad propia y me marcharé cuando quiera hacerlo.

Remi dejó escapar un suspiro.

—Así no vamos a llegar a ningún sitio.

—Entonces sugiero que vaya al grano.

Qué carácter, pensó él. Lo habría impresionado si no fuera por la desesperación que intuía en ella.

—Muy bien. Quiero hacer un trato contigo –le dijo.

—¿Un trato?

—Jules se ha ido. El trato que tuvieras con él ya no cuenta y ahora quiero que hagas un trato conmigo.

—¿Qué es esto, un juego? Usted no sabe nada del acuerdo que tenía con Jules.

—Fuera el que fuera, tú no has conseguido nada. Si

fuera así, no te habrías mostrado tan angustiada al saber que se ha ido.

Ella levantó la barbilla en un gesto lleno de orgullo y vulnerabilidad al mismo tiempo. Remi no quería sentirse atraído, pero así era.

—Da muchas cosas por sentado, ¿no?

—¿Tú crees? ¿Quieres que te tome la palabra y te acompañe a la puerta?

Maddie bajó la cabeza para ocultar su expresión.

—¿De verdad ha venido a Londres para enviar a Jules de vuelta a casa?

—Ese era el principal objetivo del viaje, sí.

—¿Entonces por qué no se ha ido con él? Antes ha dicho que se iría en veinticuatro horas.

—No, he dicho que ese era el tiempo que estaba dispuesto a esperar para escuchar tu versión de la historia. Aunque, francamente, pensé que tardaría más en convencer a Jules.

—Pero ha conseguido despacharlo en doce horas, ¿no? ¿Y qué quiere que haga yo? ¿Entretenerlo hasta que se vaya como el bufón de la corte? —le espetó Maddie, con una altivez que habría impresionado a sus profesores de etiqueta.

—¿Ese era el papel que hacías con Jules?

—No, yo…

—Pasa la tarde conmigo.

Remi se quedó inmóvil. Esas no eran las palabras que había querido pronunciar, pero no quería retirarlas.

—No puedo, estoy ocupada –respondió ella.

—Cancela tus planes. ¿No tenías un acuerdo similar con Jules?

—No solíamos vernos hasta las diez o las once.

—No, eso es muy tarde. Quiero pasar algún tiempo contigo, pero necesito ciertas garantías.

Maddie frunció el ceño.

–¿Qué clase de garantías?

–La clase de garantías que ofrece un acuerdo de confidencialidad.

–¿Y si no quisiera firmarlo?

–Entonces prepárate porque estoy dispuesto a poner tu vida patas arriba.

–¿Pero por qué?

–No voy a permitir que le hagas daño a mi familia.

–¿Hacerle daño? ¿Por qué iba a querer hacerle daño a nadie? –exclamó ella.

Si no hubiera aprendido a no confiar en nadie, su tono indignado podría haberlo engañado. Pero había confiado en su padre, lo había admirado ciegamente hasta el día que descubrió quién era en realidad.

Después de esa traición había confiado en Jules cuando le prometió que ayudaría a proteger el legado familiar, pero Jules había demostrado quién era en realidad unos días después de haber sido aceptado como miembro de la familia real de Montegova. Y luego el golpe final, cuando menos se lo esperaba. Todas las garantías de que Celeste estaba a salvo, que no ocurriría lo peor. Las falsas promesas, las traiciones habían erosionado su confianza para siempre.

Y aquella mujer, con un cuerpo que podría tentar a un santo, no iba a hacerlo cambiar de idea.

–¿Cuánto te prometió Jules? –le preguntó con voz helada–. Dime la cantidad y yo la triplicaré.

–¿Por qué? –preguntó ella, recelosa.

–No puedo arriesgarme a que cambies de opinión más tarde, por noble que pretendas ser ahora.

Maddie hizo una mueca.

–Además de grosero es usted ofensivo.

–Hago lo que tengo que hacer para que mi familia no sea chantajeada por nadie.

–¿Eso es algo que les pasa a menudo?

–Tu insolencia no nos lleva a ningún sitio, Madeleine.

Vio una expresión reveladora en su rostro cuando la llamó por su nombre, una expresión que lo encendió. Durante unos segundos solo podía pensar en esos labios, en cómo sería besarlos, acariciarlos con la lengua.

Maldiciendo en silencio, Remi intentó controlarse.

–No tengo todo el día.

Maddie se aclaró la garganta.

–Acepté hacerme pasar por su novia a cambio de…

–¿A cambio de qué?

–De setenta y cinco mil libras.

Remi metió las manos en los bolsillos del pantalón, pero controlar sus emociones no era tan fácil como había anticipado.

–Parece como si estuviera a punto de explotar, Eminencia. Pero antes de que vuelva a insultarme, déjeme decirle que me importa un bledo lo que piense de mí.

–Es Alteza, no Eminencia –replicó él.

–Se llame como se llame, ahórreme esa mirada condescendiente.

–No es condescendencia, sino sorpresa. ¿Por qué te has vendido tan barata?

Tan ridícula suma no era la razón por la que estaba molesto, pero Remi no quería examinar el porqué.

–Yo no me he vendido –respondió ella.

–Con el adecuado refinamiento podrías ser exquisita –murmuró Remi, mirando esas piernas fabulosas, ese rostro tan bello–. A menos que tengas un problema de autoestima, claro.

–Yo no me vendo, Alteza. Acepté interpretar un papel a cambio de una cantidad de dinero, es cierto. Puede que no tenga una formación profesional, pero creo que eso es lo que hacen los actores. Y ahora, si ha terminado de insultarme, voy a marcharme de aquí y a olvidarme de que existe.

–Buen discurso, pero me temo que no va a ser tan fácil.

–¿Ah, no? –Maddie recogió su bolso y se dirigió a la puerta.

Tomarla por la cintura cuando pasó a su lado le pareció lo más natural. Casi demasiado natural. Solo había querido detenerla, pero, cuando la tuvo aplastada contra su cuerpo, cuando notó el calor de su piel, sus intenciones se vieron alteradas. Ni siquiera el sentimiento de culpabilidad consiguió que la soltase.

–Doscientas cincuenta mil libras –le dijo.

Ella lo miró, boquiabierta.

–¿Qué?

–Ya me has oído.

Maddie levantó una mano para ponerla sobre su torso.

–No puede ser… es demasiado.

Remi le levantó la barbilla con un dedo.

–Tiene que haber confianza entre nosotros antes de seguir adelante.

–Está dando por sentado que va a haber algo entre nosotros –le espetó ella, apartándose.

–Deja de fingir. Sé que estás en la ruina.

Ella se pasó la lengua por los labios, llamando la atención hacia esa excitante parte de su cuerpo. Tal vez su madre tenía razón y era hora de mirar más allá de sus estrictas obligaciones oficiales y su responsabilidad hacia la corona.

Pero para él solo había existido Celeste. Había estado satisfecho con su relación, basada en el afecto mutuo, el respeto y la dedicación al país. Nunca hubo exuberantes muestras de afecto, pero el sexo, aunque un poco decepcionante, había sido satisfactorio. Y Remi lo aceptaba porque despreciaba la aventura de su padre con otra mujer. Despreciaba la debilidad.

Si estaba harto del autoimpuesto celibato desde la muerte de Celeste, si había llegado el momento de olvidar la pesada nube de culpabilidad, decidiría con la cabeza y no con la enfebrecida pasión por la que tantos hombres acababan haciendo el ridículo. No tomaría una decisión empujado por el deseo que sentía por la sirena que tenía delante.

Su madre lo había llamado esa mañana, exigiendo saber a qué mujer de la lista había elegido. Fue una conversación tensa, pero había cortado la comunicación sabiendo que debía tomar una decisión.

Pero no antes de solucionar el polvorín que Jules había dejado atrás.

—Un cuarto de millón de libras es mucho más de lo que te ofreció Jules. Si firmas un acuerdo de confidencialidad, tendrás más dinero del que te hubieras imaginado nunca.

—Lo dice como si fuera una buscavidas —protestó ella.

Parecía angustiada, pero la había visto por la noche, vestida, o casi desvestida, para cautivar a cualquier hombre.

No le gustaba admitirlo, pero el latido de su sangre dejaba claro que no era del todo inmune ante Madeleine Myers.

—Se te ha acabado el tiempo. ¿Sí o no?

Capítulo 4

DOSCIENTAS cincuenta mil libras.

Suficiente para pagar la operación que su padre necesitaba desesperadamente y, además, le quedaría dinero para mudarse a otro apartamento, en una zona mejor. Hasta podría contratar a una persona que cuidase de él para volver a la universidad y terminar sus estudios.

Esa posibilidad la dejó sin habla por un momento. Después, tomó aire y miró esos formidables ojos que la observaban con velado desagrado.

El alivio que había sentido se convirtió en bochorno y sintió el deseo de rechazar la oferta. Sería inmensamente satisfactorio darse la vuelta y demostrarle que no era una buscavidas. Ella no era su madre, le habría gustado decir. Ella no valoraba las relaciones por el tamaño de la cuenta corriente.

Seguro que él no la miraría de ese modo si supiera que el dinero era para su padre. Pero no iba a decírselo. ¿Cómo podía haberse olvidado de Greg? El afable, simpático Greg, que a los catorce años había sido uno de sus mejores amigos, parte de su pandilla en el club de campo. Greg, cuyos padres millonarios miraban a todo el mundo por encima del hombro.

Estaba cegada por el miedo y la desesperación cuando le pidió ayuda, y él había disimulado bien su desdén. La había engañado con una compasión falsa cuando le habló de su padre. En ese momento, Greg había sido su único consuelo y se había apoyado en él tras la deserción de su madre, cuando la realidad de las adicciones de su padre salió a la luz.

Durante meses, Maddie había confiado en él ciegamente.

Hasta que descubrió la cruda verdad.

La traición de Greg le había roto el corazón y había arruinado su confianza en los demás. Su único consuelo era que nunca le había entregado su cuerpo. Esa hubiera sido una humillación insoportable.

Los hombres como Greg y Remirez Montegova juzgaban a la gente por lo que poseían, por su prestigio o estatus social. Desde el principio, él había mostrado desdén por su situación económica y creía que haría lo que fuera por dinero.

Pero si aceptaba su proposición lo haría sin contarle su secreto.

¿Si la aceptaba?

En su situación, no tenía alternativa. Estaba segura de que, después de tantas horas, había perdido su puesto de trabajo en el café.

Nerviosa, se pasó la lengua por los labios y sintió algo oscuro y prohibido en el estómago al ver que él seguía el gesto con la mirada.

—Si acepto, ¿qué tendría que hacer?

Vio un brillo en sus ojos, pero desapareció antes de que pudiese descifrar su significado.

—Para empezar, no te apartarás de mí hasta que hayas firmado un acuerdo de confidencialidad. Después de eso, te alojarás aquí conmigo. He aceptado una invitación para una cena de gala esta noche a la que quiero que me acompañes. El domingo volverás conmigo a

Montegova y te quedarás allí hasta que esté seguro de que no vas a sacarle rentabilidad a esta situación.

–¿Qué? Pero yo no puedo marcharme así, de repente.

–¿Por qué no? ¿Tienes otros compromisos de los que no me has hablado?

–¿Y si fuera así?

Unos ojos grises como nubarrones se clavaron en ella mientras un músculo latía en su mandíbula.

–Yo no soy Jules. No quiero saber nada de ti mientras tengas un amante escondido –respondió, dirigiéndose a la puerta.

–¡Espere!

Él se detuvo, pero no se dio la vuelta.

–No tengo ningún amante, pero tengo responsabilidades.

Él se dio la vuelta entonces, con esos incisivos ojos clavándose en los suyos una vez más.

–Explícamelo, y hazlo rápidamente.

Aquel hombre era insufrible. Pero ¿no lo eran todos los que tenían poder y autoridad? Aunque lo quisiera con todo su corazón, ¿no había mostrado su padre la misma arrogancia cuando se creía infalible?

–Es mi padre. Vivo con mi padre y no puedo dejarle solo.

–Trabajas muchas horas, ¿no? Estás lejos de él durante gran parte del día, de modo que puede cuidar de sí mismo o hay alguien que cuida de él.

–Mi padre no se encuentra bien y no puedo marcharme a otro país así, de repente.

Remi dio un paso adelante, como un predador acosando a su presa.

–¿Qué opinaba tu padre de tu relación con Jules?

Apenas había notado su ausencia. Y ese era el problema, que ya apenas notaba nada. Nada lo afectaba.

—Soy una mujer adulta, no tengo que contárselo todo —respondió Maddie, con el corazón encogido.

—Esto tiene que ser en mis términos, Madeleine —dijo él, implacable.

Maddie sabía que sería así porque ella no formaba parte de su círculo y quería controlarla. ¿Y qué mejor manera de hacerlo que teniéndola cerca para ejercitar su supuesto derecho a tratarla con desdén, como Greg cuando conoció las circunstancias de su padre?

Pero no podía dejar a su padre solo. Era imposible. Tendría una recaída antes de que pudiese darle la ayuda que necesitaba. Y, desgraciadamente, eso dependía de que aceptase el acuerdo con aquel hombre.

Aun así…

—No puedo hacer las maletas y marcharme a Montegova —le dijo, con tono desesperado.

Él se encogió de hombros, como si no fuera asunto suyo.

—Tienes unas horas para pensarlo. Mi chófer y uno de mis guardaespaldas te llevarán a casa. Te traerán de vuelta a las siete y entonces me darás tu respuesta.

Maddie tomó aire, pero no consiguió librarse de la aprensión.

Desde los guardaespaldas a la elegante limusina o la suite, seguramente reservada para miembros de la realeza, todo en aquel hombre dejaba claro que era un privilegiado. Y sabía que, aunque saliera de allí en aquel momento, no se libraría del príncipe a menos que él lo desease.

Estaba convencido de que era una amenaza para su familia; una amenaza que él podía neutralizar ofreciéndole dinero y manteniéndola prisionera durante el tiempo que quisiese.

Pero su oferta podía cambiar la vida de su padre y la

suya. Lo único que tenía que hacer era negociar con inteligencia, ignorando el calor que invadía su vientre cada vez que estaban cerca.

Su desdén por ella era evidente en cada una de sus palabras. ¿Por qué no usar ese desdén como barrera para conseguir lo que quería?

Haciendo un esfuerzo, se obligó a mirarlo a los ojos.

–Muy bien. Hablaremos esta noche.

Él se dirigió a un antiguo escritorio y llamó a alguien por teléfono para dar instrucciones en una curiosa mezcla de idiomas.

Alguien llamó a la puerta y un hombre con uniforme de mayordomo apareció como por arte de magia. Un segundo después, el guardaespaldas que la había escoltado la noche anterior entraba en la suite.

–Es Antonio. Él se encargará de llevarte donde tengas que ir.

En otras palabras, sería su sombra. Y Maddie sabía que protestar no serviría de nada.

El príncipe la miró de arriba abajo. Por Dios, aquel hombre podía robarle sus pensamientos con una sola mirada.

–¿Alguna cosa más? –le preguntó.

–Mi estilista te enviará ropa apropiada.

–¿Disculpe?

–¿Piensas acudir a una cena de gala con ese uniforme de camarera?

Maddie miró el vulgar uniforme, las medias, los zapatos planos.

–Claro que no. Tengo ropa adecuada en mi casa.

En realidad, solo tenía un clásico vestido negro. Su colección de ropa de diseño, que su madre había insistido en comprarle, había sido vendida mucho tiempo atrás para pagar facturas.

–No pensarás ponerte la ropa que mi hermano te compró.

–Por supuesto que no –replicó ella.

Había algo inquietante en la mirada de él, algo que le provocaba un cosquilleo en el pecho.

Un teléfono empezó a sonar en ese momento al fondo de la suite, pinchando la sensual burbuja en la que parecían envueltos.

Remi dio un paso atrás.

–Te espero aquí a las siete. No llegues tarde –le advirtió, antes de salir de la habitación.

Maddie no respiró del todo hasta que entró en su apartamento media hora después. Libre del abrumador torbellino de Remi, de la enormidad de lo que estaba contemplando hacer.

Entró en el salón con las piernas temblorosas y asomó la cabeza en la habitación de su padre que, por suerte, estaba dormido.

¿Qué le habría dicho si hubiera estado despierto? ¿Que había llegado a un acuerdo para hacerse pasar por la novia de un desconocido a cambio de dinero y ahora estaba a punto de negociar con su hermanastro, que la creía una desvergonzada chantajista, por una cantidad mayor?

En silencio, fue a su habitación, sabiendo que no tenía más remedio que aceptar la proposición de Remi o se arriesgaba a dejar morir a su padre.

Maddie leía el documento que debía firmar sintiendo mariposas en el estómago. El mayordomo se había apartado discretamente, pero el príncipe heredero de Montegova paseaba de un lado a otro mientras ella intentaba leer la letra pequeña del acuerdo.

Quería decirle que parase, que no la distrajese. Que fuese menos guapo, menos todo. Pero se mordió la lengua. Había aceptado hacer aquello y ya no podía dar marcha atrás.

Pero tampoco podía negar el efecto que Remi ejercía en ella; una reacción tan visceral como para que dejase de respirar cada vez que estaba cerca.

Se le pasaría, pensó. Tenía que ser así. Nadie podía tener tanto carisma indefinidamente.

Lo ignoraría como había ignorado las atenciones de tantos hombres en el café. Maddie hizo una mueca, preguntándose qué pensaría si supiera que estaba comparándolo con los albañiles que iban al local en el que trabajaba.

Trabajaba, en pasado.

Ya no tenía trabajo y, al parecer, debía mudarse temporalmente a la suite del príncipe. Le temblaban las manos al recordar la conversación con su padre, que se limitó a asentir con la cabeza cuando le dijo que la señora Jennings cuidaría de él durante unos días.

Cuánto le gustaría tener un amigo en el que confiar. Entonces no se sentiría tan sola. Pero todos sus amigos la habían abandonado en cuanto la familia Myers cayó en desgracia.

Greg le había asestado un golpe brutal cuando estaba más hundida, convenciéndola para que invirtiese el dinero que le quedaba en una transacción supuestamente lucrativa. Y cuando lo perdió todo se limitó a decir: «Esas cosas pasan».

El príncipe se acercó con gesto de impaciencia. Le había dado quince minutos para leer el acuerdo de confidencialidad y los quince minutos habían pasado.

Si firmaba aquel acuerdo, su padre podría ser operado en cuestión de semanas.

–¿Estás lista para firmar? –le preguntó.

Maddie levantó la mirada. Era como si un poderoso imán la atrajese hacia él. Y, una vez atraída, era imposible apartarse.

¿Era normal que un hombre fuese tan apuesto? Pómulos esculpidos, mandíbula cuadrada, pelo brillante y un aura de virilidad que despertaba un salvaje aleteo en su vientre. Lo miraba, cautivada contra su voluntad, mientras él enarcaba una ceja con gesto burlón, como si le hubiera leído el pensamiento.

Maddie hizo una mueca al ver que le ofrecía un bolígrafo.

Era el momento de la verdad.

–Pues…

–Percy debe firmar como testigo, pero tiene otras cosas que hacer. Puedo pedirle que se marche o que se quede, tú decides.

Ella le quitó el bolígrafo de las manos, buscó la última página del documento y la firmó. Un minuto después, el príncipe y Percy firmaron también.

Cuando el mayordomo cerró la puerta del salón, Maddie miró al hombre que, según el acuerdo que acababa de firmar, le daría órdenes durante las próximas seis semanas.

También él estaba mirándola de arriba abajo, aparentemente complacido con su nuevo atuendo. Una hora después de volver a casa, Antonio le había ofrecido una enorme caja que contenía el vestido que debía ponerse esa noche. Era un vestido de color melocotón que se pegaba a sus curvas como una íntima caricia para después caer en capas hasta el suelo.

Maddie se había mirado al espejo, incrédula. Aunque no pensaba acostumbrarse a tantos lujos. Cuando todo hubiese terminado no habría eventos sociales ni vestidos de cinco mil libras.

—¿Has recibido el mensaje? —le preguntó él.

Junto con el vestido, el príncipe le había enviado un móvil con un solo número programado, el suyo. Unos minutos después recibió un mensaje que contenía detalles de la cena a la que iban a acudir, incluyendo quién asistiría, la fundación a la que iban destinados los fondos y el menú que servirían. No estaba claro si se trataba de protocolo real o Remi era un obseso del control. Seguramente ambas cosas.

—Sí, lo he recibido y lo he leído, Alteza —respondió, sarcástica.

—Cuando estemos solos puedes llamarme Remi.

—Y tú puedes llamarme Maddie.

—Lo único que te pido, Madeleine, es que apliques algo de ese refinamiento exterior a tu interior.

Ella hizo una mueca.

—No creo que quieras empezar la noche con insultos, ¿no?

—Quiero que la noche empiece llegando puntuales a la cena —replicó él mientras se dirigía hacia la puerta.

Maddie lo siguió, contoneándose sobre los altos tacones. Algo que, a juzgar por su ardiente mirada, al príncipe no le pasó desapercibido.

Bajaron en el ascensor en silencio, pero, cuando se dirigía hacia la salida privada, él la tomó por la cintura.

—¿Dónde vas?

El calor de su mano la dejó sin habla por un momento.

—¿No vamos a usar el acceso privado?

—¿Para qué? Me vieron contigo anoche y esta tarde en el café. Los medios de comunicación ya se han hecho eco y las tácticas de evasión ya no son necesarias.

–¿Y no te importa?

–A nadie le importa lo que seas para mí, pero si te preguntan di la verdad, que nos conocimos a través de Jules.

Maddie hizo una mueca.

–¿Y dejar que piensen que soy una cualquiera que va de un hermano a otro?

–Decir la verdad, por brutal que sea, es mejor que mentir.

Maddie no tuvo tiempo de protestar porque él le apretó la cintura cuando entraron en las puertas giratorias y ese sencillo gesto la dejó sin aliento.

–¿Qué tal el brazo? –le preguntó después de entrar en la limusina.

El médico había dicho que mientras no usara demasiado el brazo podía quitarse el cabestrillo durante unas horas.

–Bien, no me duele.

–¿Te has tomado las pastillas?

Le sorprendió su aparente preocupación, pero sabía que era tan falsa como la intrincada red de mentiras que había creado Greg para reírse de ella.

–¿Podemos dejarnos de fingimientos?

–No te entiendo.

–No hace falta que finjas que te importo. Soy una buscavidas, ¿no? Y, por cierto, no creo que tocarme sea necesario.

–Te tocaré en público cuando me parezca necesario y tú no pondrás objeciones porque has firmado un acuerdo que te ata a mí durante las próximas seis semanas –replicó él, con un tono imperioso y extrañamente excitante.

Saber que podía provocar una reacción tan visceral en ella era desconcertante. Maddie no entendía qué le pasaba.

–Entonces no te importará que yo haga lo mismo, ¿no? Después de todo, una buscavidas tiene que ganarse el dinero que le pagan.

–Por desgracia, nunca tendré el placer de ver esa insolencia domada –bromeó él.

Poco después sonó su móvil y lo escuchó hablar en una mezcla de francés e italiano. Tal vez era el idioma de su país, pensó.

Miró su orgulloso perfil, la huella de los genes de sus antepasados guerreros. No sabía de qué estaba hablando, pero parecía molesto porque se apretó el puente de la nariz con dos dedos antes de cortar la comunicación.

Siguieron en silencio durante largo rato. Un silencio que ella aprovechó para observar las fuertes y elegantes manos o la forma de su nuez cuando tragaba saliva. Y para recordar la decadente sensación que había experimentado cuando le rozó la cintura.

Maddie se movió en el asiento para controlar la tormenta que sentía entre las piernas.

–¿Algún problema? –le preguntó para pensar en otra cosa.

Los incisivos ojos grises se clavaron en los suyos.

–Las complicaciones familiares asoman la cabeza de nuevo.

–¿Tu padre?

–No, mi padre murió hace diez años.

–Ah, lo siento, no lo sabía. Entonces, ¿cuál es el problema?

–Era mi madre, la reina. Haciendo lo que hace mejor –respondió él con cierta traza de amargura.

–¿Y qué es lo que hace mejor?

–Dar órdenes y esperar que se obedezcan sin rechistar –respondió Remi.

Maddie hizo una mueca. Desde su primer encuentro había sabido que nadie daba órdenes a aquel hombre. No sabía lo que le había pedido, pero estaba segura de que él pelearía con implacable determinación.

–¿Y tu madre? –le preguntó Remi entonces.

Ella apartó la mirada.

–No sé nada de mi madre desde hace tiempo –respondió, esperando que dejase el tema.

–¿Por qué no?

Remi esperaba una respuesta y estaba segura de que insistiría.

–No siempre hemos estado en la ruina. Mi padre tenía una inmobiliaria muy próspera, pero el mercado inmobiliario dio un bajón, su negocio se hundió y pasamos de una mansión en Surrey a un diminuto apartamento en Londres –le contó, encogiéndose de hombros–. Mi madre no aceptó bien el cambio y dejó a mi padre cuando yo estaba en la universidad.

–No solo dejó a tu padre, también te dejó a ti –comentó él.

Su tono comprensivo la sorprendió. Había esperado una respuesta fría, un cruel rechazo, pero en su mirada no había censura.

–Pero eso no es todo, ¿verdad? –murmuró él entonces.

Maddie sentía el deseo de contarle la verdad, pero no lo hizo.

–¿Eso importa?

Él no pudo responder porque habían llegado a su destino y, cuando bajaron de la limusina, tuvieron que enfrentarse a los destellos de las cámaras y a las preguntas de los periodistas.

–¿Quién eres?

–¿Desde cuándo estás con el príncipe?

Las preguntas que le hacían a Remi eran más moderadas y mucho más respetuosas. Aunque no respondió a ninguna. Se abrió paso entre los periodistas como si no existieran, tomándola por la cintura en un gesto posesivo que le aceleró el pulso.

—¿Estás bien?

Ella asintió con la cabeza, recordando que todo aquello era una farsa. Pero las mariposas que revoloteaban por su estómago no se calmaron cuando entraron en el impresionante vestíbulo del hotel.

Según el mensaje que le había enviado, el objetivo de la cena benéfica era recaudar fondos para construir instalaciones deportivas para niños discapacitados en países en vías de desarrollo. Cuando Remi le presentó a la presidenta de la fundación, Maddie intentó sonreír con aplomo, como le habían enseñado en los colegios privados a los que sus padres la habían llevado desde niña.

Cuando se alejaron, notó que el príncipe la miraba con gesto especulativo.

—¿Por qué me miras así?

—No soy un hombre que se sorprenda fácilmente —respondió él, en voz baja—. Pero tú me sorprendes.

—Crees que me conoces, ¿verdad? Puede que mis circunstancias te parezcan deplorables, pero deberías hacer un esfuerzo para comprender. Puede que te sorprendieses.

Él la miró con gesto pensativo.

—Muy bien, dime por qué dejaste tus estudios para trabajar en ese sórdido café.

—No es sórdido, es un café normal para gente trabajadora.

—Parece que lo echas de menos.

Maddie se encogió de hombros.

—No era tan malo —respondió. Trabajaba muchas

horas, pero el trabajo la ayudaba a olvidar su triste existencia. Y las comidas gratis también ayudaban.

Remi se inclinó un poco hacia delante, llevando con él su embriagador aroma.

–Dime que no piensas volver allí en el futuro.

–¿Qué te importa si lo hago?

–Tú estás por encima de ese sitio.

–Cuidado, Alteza, no salga de su torre de marfil.

–Eres demasiado exquisita para trabajar en un sitio como ese.

–No puedes decirme esas cosas –le advirtió Maddie, notando que todos los miraban.

–¿Por qué no? Es verdad.

Maddie sabía que lo más sensato era apartarse, pero quería inclinarse para disfrutar de la caricia, prolongar esa perversa emoción.

–Nadie habla así.

–Tengo suerte de ser diferente.

–¿Pero te oyes a ti mismo? Eres…

–¿Arrogante, altivo? Solo quiero dejar claro que prefiero tu piel sedosa y perfumada en lugar de oler a aceite reciclado.

Un golpecito en el micrófono interrumpió la conversación. Nerviosa, Maddie se irguió en la silla, pensando en lo que él había dicho.

¿Cuánto sabría de su pasado? Si seguía preguntando sería cuestión de tiempo que descubriese la enfermedad de su padre.

Esperó hasta que terminaron los discursos para volverse hacia él.

–Pensé que ibas a dejar de hurgar en mi pasado ahora que he aceptado formar parte de tu circo –le dijo.

–No he seguido hurgando. Esa información estaba en el informe. ¿Por qué dejaste la universidad?

–¿Por qué te interesa?

–Porque creo que tal vez deberíamos cambiar las condiciones del acuerdo.

Estaban tan cerca, solo a unos centímetros, y sus labios eran tan firmes, tan masculinos… Una ligera inclinación y podría rozarlos con los suyos.

–¿En qué sentido? –le preguntó, notando que su voz sonaba bochornosamente ronca.

–Me gustaría saber algo más sobre ti.

–Sabes todo lo que debes saber. Soy yo quien no sé nada de ti. Por ejemplo, ¿por qué a todo el mundo le sorprende que hayas venido con una acompañante?

Estaba tan cerca que pudo ver un brillo helado en sus ojos.

–Tal vez porque hacía dos años que nadie me veía en público con una mujer.

Eso la sorprendió. Estaba segura de que a un hombre como él no le faltaría atención femenina.

–¿Puedo preguntar por qué?

–¿Esperas que crea que no lo sabes?

–¿Saber qué?

–Han pasado casi veinticuatro horas desde que nos conocimos. Cualquier otra persona hubiera satisfecho su curiosidad sobre mí.

–Yo no tengo ordenador y no me interesan mucho las redes sociales. Además, he estado ocupada todo el día y no he tenido tiempo de investigar.

Él la miró en silencio durante unos segundos. No iba a responder. Al parecer, las nuevas condiciones de su acuerdo no incluían esa pregunta en particular.

–Eres una novedad porque la última mujer con la que salí era mi prometida, Celeste Bastille –dijo Remi por fin.

Maddie asintió, pensativa. ¿Por qué un hombre tan atractivo, y sin duda cotizado, no había salido con ninguna mujer en dos años? ¿Y quién era y dónde estaba esa mujer?

Pero antes de que pudiese preguntar, él añadió:

—Y no quiero hablar más sobre ese tema.

Eso no evitó que ella se hiciese montones de preguntas, pero decidió buscar un tema más seguro.

—Yo estudiaba psicología infantil en la universidad.

Remi la miró, sorprendido, y Maddie esbozó una sonrisa.

—¿De verdad es tan sorprendente que me interesen los niños?

—Yo no he dicho eso.

—¿Niegas haber sacado conclusiones precipitadas sobre mí?

Sin molestarse en responder, Remi giró la cabeza para hablar con el comensal de su izquierda.

Saber que la opinión de Remi Montegova sobre ella no iba a cambiar le dolía más de lo que querría admitir y, cuando terminó la cena y una orquesta empezó a tocar, se sentía desesperada por estar a solas un momento. A punto de escapar al lavabo, se quedó inmóvil cuando Remi la tomó del brazo.

—Vamos a bailar —anunció.

Pensar en ese cuerpo pegado al suyo le provocó un escalofrío de emoción, peligroso y excitante. Debería negarse, pero sabía que no podía hacerlo.

Apretando su mano con firmeza, Remi la llevó a la pista de baile mientras la orquesta tocaba un vals. Se le aceleró el pulso cuando él levantó con cuidado el brazo herido para ponerlo sobre su torso y le pasó el otro por la cintura.

Por supuesto, el príncipe de Montegova bailaba con elegante y fastidiosa sofisticación, totalmente seguro de sí mismo.

–¿Por qué no les dices que no estás interesado? –le preguntó, demasiado inquieta como para guardar silencio.

–¿Disculpa?

–Parece haber una competición entre las mujeres para ver quién llama tu atención. Si no estás interesado, ¿por qué no se lo haces saber?

En ese momento, una guapísima pelirroja pasó a su lado, esbozando una sonrisa descaradamente seductora que enfureció a Maddie. Aunque no tenía sentido.

–No me había dado cuenta.

–Debe de ser una tortura que las mujeres se echen en tus brazos, ¿no? –bromeó ella. Remi esbozó una sonrisa–. ¿Qué te hace tanta gracia?

–Parece que he vuelto a ofenderte. No pensé que fueras tan susceptible.

–No lo soy –dijo Maddie, intentando apartarse.

–¿Dónde crees que vas?

–El vals ha terminado. Suéltame, por favor.

–Nos están mirando. No es el momento de hacer una escena.

–¿Ah, no? Pues yo…

No pudo terminar la frase porque él inclinó la cabeza, anunciando sus intenciones de hacer precisamente lo que le parecía. Maddie tuvo tiempo de apartarse, de poner una mano en su ancho torso y evitar algo que fomentaría el ciclón que rugía dentro de ella.

Pero no lo hizo.

Miró la imperiosa cabeza de Remi Montegova inclinándose hasta casi rozar sus labios. Y esperó, sintiendo el masculino aliento en la cara, temblando, hasta que se apoderó de sus labios.

El beso, aunque firme y apasionado, no debería inmovilizarla o hacer que se olvidase de la música, del salón de baile y de la gente. Pero todo desapareció.

La feroz intensidad de su mirada y la marca ardiente de sus labios hizo que experimentase cada segundo de un modo que no olvidaría nunca. Estaba electrificada.

Unos segundos después, Remi se apartó, dándole tiempo para controlar los estremecimientos y el salvaje cosquilleo entre las piernas. Para buscar el oxígeno que necesitaba mientras intentaba entender lo que había pasado.

–¿Qué… qué estás haciendo? –susurró.

Él esbozó una sonrisa mientras la tomaba por la cintura.

–Cambiando las condiciones de nuestro acuerdo.

–No recuerdo haber aceptado… esto.

Remi dio un paso atrás. Para todo el mundo, el príncipe heredero de Montegova era la viva imagen de la elegancia y la sofisticación, pero Maddie estaba empezando a ver al hombre que había debajo de esa fachada; un hombre con una determinación feroz, una voluntad de hierro y una oscura angustia.

Era demasiado abrumador.

Antes de que pudiera recuperarse del todo, él puso la mano en su espalda y la sacó del salón de baile, sin detenerse hasta que salieron a la calle.

Capítulo 5

ESTABA lloviendo y en el pavimento habían empezado a formarse algunos charcos. Maddie se levantó el bajo del vestido, preparándose para correr a la limusina, pero Remi la sorprendió quitándose la chaqueta del esmoquin para ponerla sobre sus hombros.

La intimidad del gesto acrecentó la sensación de irrealidad y, cuando puso una mano en su espalda, Maddie no protestó.

El chófer se acercó a ellos con un paraguas, que Remi sujetó sobre su cabeza antes de entrar en la limusina.

Maddie se decía a sí misma que ese acto caballeroso era solo de cara a la galería, pero no era capaz de convencerse. Al contrario que su hermanastro, Remi exudaba elegancia y magnetismo. Llamaba poderosamente la atención, tal vez porque era más alto que los demás, más imponente y seguro de sí mismo, un hombre que hacía exactamente lo que le apetecía.

Una vez en el interior de la limusina empezó a quitarse la chaqueta del esmoquin, pero él negó con la cabeza.

—No te la quites. No creo que deje de llover.

Maddie miró por la ventanilla. Siempre le habían gustado las tormentas, ver cómo la lluvia limpiaba las calles, el mundo. Pero en el interior de la limusina, con Remi tan cerca, mirar cómo caía la lluvia le parecía demasiado íntimo.

–¿Podemos hablar de lo que ha pasado? –le preguntó, después de aclararse la garganta–. Y, sobre todo, ¿vamos a dejar claro que no volverá a pasar?

Los ojos grises brillaron en la oscuridad.

–¿Te ha parecido tan desagradable?

La peculiar vibración de su voz le provocó estremecimientos en la espalda.

–Prefiero tener algo que decir cuando alguien me besa.

–¿Tenías tal acuerdo con Jules?

–¿Disculpa?

–No respondiste cuando te besó en la discoteca, pero tampoco protestaste –dijo Remi, mirando intensamente sus labios–. ¿Habíais acordado que podía besarte?

–Para tu información, ese beso también me pilló por sorpresa. Y, francamente, estoy harta de que la gente como vosotros me manipule, así que añadiremos esto al acuerdo: nada de besos.

–No será necesario porque no volverá a pasar.

Maddie sintió algo irritantemente parecido a la decepción. Pero esa loca atracción por él era absurda y tenía que terminar.

Cuando llegaron al hotel, Remi no parecía tener prisa por reclamar su chaqueta y volvió a poner la mano en su espalda para ayudarla a bajar de la limusina.

A pesar de la charla que se había dado a sí misma, Maddie no podía dejar de inhalar su aroma ni controlar el cosquilleo que sentía mientras subían al ascensor.

Parecía más alto, sus hombros más anchos en el reducido espacio. En realidad, tenía un físico con el que soñarían la mayoría de los hombres. Estaba tan fascinada que no se percató de que las puertas del ascensor se habían abierto hasta que vio por el espejo que Remi la miraba con una sonrisa en los labios.

Su mortificación se intensificó cuando su mirada se volvió helada, pero, con retorcida gratitud, pensó que ese rechazo rompería la neblina de deseo en la que parecía envuelta.

–Ya no la necesito, gracias –murmuró, quitándose la chaqueta. Sus dedos se rozaron y Maddie tuvo que disimular otro estremecimiento. Tenía que controlarse porque aquello era una locura–. Buenas noches, Alteza –se despidió mientras se dirigía a su habitación.

–Que duermas bien –dijo él, sujetando la chaqueta sobre el hombro en un gesto de suprema despreocupación.

Maddie entró en la habitación que Percy le había asignado y cerró la puerta. Era preciosa, llena de cuadros y obras de arte. Todo era tan elegante, tan exclusivo. Pero la grandiosidad de la habitación no evitó el escalofrío que sacudió su cuerpo al recordar el beso. Le temblaban los dedos mientras los pasaba por sus labios.

Una hora después, daba vueltas en la cama y golpeaba la almohada con el puño en un vano intento de conciliar el sueño. Entonces se dio cuenta de que no había pensado en su padre en toda la noche. Había estado tan absorta con Remi que había olvidado llamarlo.

Miró su reloj, sintiéndose culpable. Era más de medianoche, demasiado tarde para llamar, de modo que apoyó la cabeza en la almohada, rezando para que el sueño se llevase la imagen del hombre que había cautivado sus sentidos.

Pero sus plegarias no fueron respondidas. En cuanto cerró los ojos volvió a verlo en la pista de baile, volvió a ver el beso.

El beso que no volvería a tener lugar, se dijo a sí misma.

Vivía con las consecuencias de haber confiado en

los demás, pensó. Greg había utilizado su amistad para traicionarla y, a juzgar por cómo trataba a los menos afortunados, Remi era igualmente cruel.

No pensaba volver a cometer el error de confiar en nadie.

Aunque sabía que no debería, sacó su móvil y escribió el nombre en el buscador de Internet. Y allí, en colores, estaba la prueba que tal vez no debería haber visto. Porque Celeste Bastille había fallecido dos años antes.

Celeste había sido una mujer preciosa y de apariencia serena, el perfecto complemento para un príncipe. Hija de aristócratas de Francia y Montegova, irradiaba aplomo y encanto en todas las fotografías. Y, a juzgar por cómo la miraba Remi en todas ellas, la había amado con toda su alma.

Se le encogió el corazón al pensar en lo que esa tragedia le habría hecho a un hombre que vivía observado por todos; y no un hombre cualquiera, sino un príncipe heredero con deberes hacia su país. Un príncipe que había perdido a su princesa.

A pesar de la locura del beso, no podía engañarse a sí misma pensando que aquello era algo más que una relación de usar y tirar para él. Y, por lo tanto, lo mejor sería tener el menor contacto posible con Remi, solo el estrictamente necesario, y no dejar de pensar en su padre, que era lo más importante.

Aunque sabía que sería más fácil decirlo que hacerlo.

Besarla había sido un error.

Remi hizo una mueca mientras tomaba un sorbo de coñac. La quemazón del licor no consiguió apartar el sentimiento de culpabilidad. Ni reducir aquella incontenible excitación.

Para empeorar la situación, su desesperado intento de recordar la voz de Celeste, su risa, sus suaves maneras, fracasó por completo. Su imagen era reemplazada por unos vibrantes ojos verdes, una barbilla desafiante y unos labios carnosos.

No debería haberla besado.

Decirse a sí mismo que lo había hecho para preservar el recuerdo de Celeste le parecía hueco, vacío, después del ansia que el beso había despertado en él.

Había disfrutado al tenerla entre sus brazos, al saborear su cálida piel y notar cómo contenía el aliento, tan excitada como él.

Sin duda, los periodistas estarían intentando averiguar quién era la mujer que había hecho que el príncipe heredero de Montegova actuase de una forma tan peculiar. Porque nunca había habido demostraciones de afecto en público con Celeste.

El sentimiento de culpabilidad por la promesa que le había hecho a su prometida lo perseguía.

Remi apretó la copa de coñac. Pero aún no había pecado, aún no había dejado entrar a otra mujer en su corazón.

«Pero estás pensando en llevar a otra mujer a tu cama».

«Es una necesidad. Por el bien de mi país».

«Excusas».

La verdad era que le había fallado a Celeste. Estaba muerta porque él le había fallado.

Remi sacudió la cabeza. La segunda llamada de su madre esa noche cuestionando sus actos lo había enojado. Sabía que su incapacidad de controlarse cuando estaba con Maddie Myers podría tener desagradables consecuencias y no le había gustado nada que su madre se lo recordase. Solo la promesa de volver a casa al día siguiente la había aplacado.

En cuanto a su insistencia de que eligiese una esposa…

Antes de poder concentrarse en la gratificante tarea de gobernar Montegova tenía que librarse del deseo que sentía por Maddie.

Celeste entendía el espíritu de sacrificio. ¿Habría entendido esa decisión?

Remi se dirigió al dormitorio, perseguido por el sentimiento de culpabilidad y por un ardor del que no podía librarse.

Y esas emociones seguían presentes por la mañana, mientras ojeaba la sección económica del periódico. El amanecer había llevado noticias sobre él en las páginas de sociedad del periódico y otra llamada de su madre.

La fotografía de Maddie en la primera página atizó el fuego en su entrepierna y cimentó la decisión que había tomado por la noche.

Era una mujer bellísima, no podía negarlo. En su mundo había muchas mujeres bellas, pero ella tenía algo especial, algo que llamaba poderosamente su atención. Algo que lo empujó a mirarla mientras se acercaba a la mesa un segundo después. Algo inquietante que no le permitía ignorar el hipnótico movimiento de sus caderas y la orgullosa curva de sus pechos.

–Buenos días –murmuró Maddie.

Remi dobló el periódico, intentando controlarse porque el deber y la lealtad tenían precedencia sobre el deseo. Llevaba un jersey rosa que dejaba un hombro al descubierto y una falda gris por la rodilla. Un atuendo elegante y discreto que, de algún modo, ella conseguía hacer pecador, excitante.

Se movió en el asiento en un vano intento de contener la presión bajo la cremallera del pantalón.

—Espero que hayas dormido bien.

—No, la verdad es que no —respondió Maddie, mientras Percy le servía un café.

—¿Es por el brazo? —le preguntó Remi cuando el mayordomo desapareció—. ¿Quieres que volvamos al médico?

—No, no es el brazo. No he podido dormir porque echaba de menos mi cama.

—Teniendo en cuenta dónde vives, resulta difícil creerlo.

—Ah, vaya. Y yo esperando que los insultos no empezasen hasta que me hubiese armado de cafeína —dijo ella, irónica.

Remi apretó los labios. Por alguna razón, aquella mujer se le metía bajo la piel sin el menor esfuerzo. Era irritante. Y peculiarmente estimulante.

—¿Mi sinceridad te ofende?

—Una cosa es la sinceridad y otra la grosería —respondió ella, mirándolo con unos ojos cargados de censura.

Remi tuvo que disimular su sorpresa. Pocas personas se atrevían a hablarle así y no sabía si sonreír o ponerla en su sitio.

—Dime por qué no has dormido bien —se encontró diciendo mientras untaba mantequilla en una tostada antes de ofrecérsela.

—Gracias —murmuró ella—. Prometí llamar a mi padre anoche y se me olvidó.

—Como tú misma dijiste, eres una adulta, no una adolescente que tiene que llegar a casa a una hora determinada.

—En cualquier caso, se lo prometí y no he cumplido mi palabra.

—Mi chófer te llevará a tu casa para que hagas las maletas.

–Sí, bueno, sobre eso… –Maddie hizo una mueca.

–¿Qué ocurre?

–¿Sería posible recibir un adelanto?

La agitación de su entrepierna se atenuó.

–¿Hemos firmado el acuerdo hace menos de veinticuatro horas y ya estás pidiendo dinero?

–Sé que no es lo que habíamos acordado, pero…

–Exiges confianza y, sin embargo, me ocultas la verdad sobre tus circunstancias.

En los ojos verdes apareció un brillo de ira.

–¿Estás diciendo que solo cumplirás el acuerdo si te dejo hurgar en mi vida privada? ¿Crees que eso es justo?

Él se encogió de hombros.

–Eres muy ingenua si crees que estamos en condiciones de igualdad.

–¿Eso es una negativa?

Él contuvo el deseo de seguir interrogándola, de saberlo todo sobre aquella mujer. ¿Por qué no podía dejar de pensar en ella? ¿Por qué, incluso en aquel momento, quería besarla?

–¿Cuánto necesitas?

Maddie se pasó la lengua por los labios.

–El diez por ciento.

Veinticinco mil libras. No era mucho, pero con ese dinero podría desaparecer de su vida. Le gustaría decir que no, pero una mirada a esos tormentosos ojos verdes le dijo que se mantendría firme, que pelearía por lo que quería.

Y la admiró por ello, pero no quería pensar en las pocas cualidades que poseía. Lo que quería era conseguir su propósito porque no tenía intención de dejarla ir.

–Muy bien. Tendrás lo que quieres, pero con una condición.

–¿Qué condición?

–Lo discutiremos esta noche. Ahora tengo que irme a una reunión.

Maddie se mordió el labio inferior y Remi tuvo que hacer un esfuerzo para apartar la mirada.

–¿Y si no me gustasen tus condiciones? –le preguntó, con una voz trémula que él querría escuchar una y otra vez.

Remi se levantó para no dejarse llevar por la tentación.

–Es una oferta estupenda y estoy seguro de que aceptarás, pero si me equivoco retomaremos el acuerdo previo. Los fondos estarán en tu cuenta dentro de una hora.

–Gracias.

Contra su voluntad, Remi clavó la mirada en su rostro, en su garganta, en sus labios. Pensar en saborear esos labios provocó un relámpago en su sangre.

Su descarada mirada hizo que Maddie se ruborizase y Remi apretó los puños para controlarse.

–Espero que no desaparezcas con ese dinero.

–No voy a demostrar mi valía una y otra vez. O confías en mí o no lo haces.

Remi seguía pensando en esa conversación tres horas después, mientras almorzaba con su embajador en Reino Unido.

La valiente actitud de Maddie la metería en líos algún día. O la haría irresistible para un hombre atraído por ese espíritu. Un hombre que fuese libre para besar esos labios embriagadores, acariciar sus curvas…

Dio, ¿qué demonios le pasaba?

Le había gustado su vida con Celeste. Había disfrutado de su dulce naturaleza, de su generosa aceptación de los retos asociados a la corona.

Sin embargo, ¿no había deseado en más de una ocasión que ella lo retase más, que expresase sus verdaderos sentimientos, que discutiese en lugar de sonreír y acceder siempre a sus deseos?

Se disgustó consigo mismo por deshonrar su memoria. Su prometida había sido encantadora, querida por todos, y no ensuciaría su recuerdo comparándola con Maddie, una mujer llena de secretos. Llena de fuego. Llena de algo que él quería explorar.

Frustrado, intentó concentrarse en la conversación con el embajador, pero no podía quitarse de la cabeza a la mujer de los ojos verdes y los labios carnosos.

Esa era la razón por la que seguía disgustado cuando volvió al hotel. Y por la que se enfureció al saber que Maddie no estaba allí.

—¿Dónde está, Percy? —le preguntó al mayordomo con tono seco.

—La señorita Myers no ha vuelto desde que salió esta mañana, Alteza.

—¿No ha vuelto a la hora de comer?

—No, Alteza.

Maddie le había pedido que confiase en ella y lo había hecho. Qué error. Y él pensando que era una fracción de la mujer que había sido Celeste…

Airado, sacó el móvil del bolsillo para llamarla, pero saltó el buzón de voz.

Lo había engañado. Y con veinticinco mil libras, gracias a la transferencia que él había aprobado, podría estar en cualquier sitio en ese momento.

Que se hubiera ido con tan insignificante suma cuando podría haber conseguido mucho más no lo sorprendía porque había visto su cuenta bancaria y sabía que no tenía nada. Nada en absoluto. Y él mismo le había dado las armas para dejarlo.

Remi apretó los dientes. No se saldría con la suya, pensó. Había firmado un acuerdo.

Cuando estaba a punto de llamar a su jefe de seguridad, oyó pasos en la entrada y, unos segundos después, Maddie apareció en el salón, intentando atusarse el moño, del que escapaban unos mechones. Incluso despeinada era cautivadora, pensó.

—¿Dónde demonios has estado? —le espetó.

Ella se detuvo de golpe.

—Lo siento, yo…

—¿Y por qué salta el buzón de voz cuando te llamo?

—Ah, lo siento, se me ha olvidado volver a encenderlo.

—¿Por qué lo has apagado? —le preguntó Remi, experimentando una punzada de celos—. Dime dónde has estado, Maddie.

—Estaba con mi padre. Además, he ido a una inmobiliaria para buscar otro apartamento.

Remi frunció el ceño.

—¿Vas a mudarte?

—Para eso necesitaba el dinero, para dar una señal. Luego he tenido que hacer la maleta y atender a mi padre… en fin, apagué el teléfono para que nadie me interrumpiese.

—Solo yo tengo ese número. ¿Debo pensar que no querías que te molestase?

—Es que tenía que concentrarme en mi padre.

—¿Por qué?

Maddie vaciló antes de responder:

—Mi padre no se encuentra bien. He tardado más de lo que esperaba, pero ya estoy aquí.

Remi tuvo que disimular un suspiro de alivio porque

indicaba algo que no quería reconocer. Algo muy parecido al sentimiento posesivo.

–Bueno, ¿todo bien entonces? ¿O quieres que te devuelva el dinero? Si es así, no podré hacerlo porque me he gastado una buena parte.

–¿En qué?

–Ya te lo he dicho –respondió Maddie– ¿Podría pedirte un favor? A menos que vayas a despedirme, claro.

–Te sugiero que no me pongas a prueba. ¿O es que disfrutas haciéndolo?

Ella esbozó una sonrisa mientras daba media vuelta.

–Muy bien. Necesitaba ayuda con la cremallera del vestido, pero se lo pediré a Percy –le dijo, mirándolo por encima del hombro con un brillo retador en los ojos.

Dio, aquella mujer podría darle clases a una sirena.

–Madeleine.

Había querido pronunciar su nombre con tono de advertencia, pero su voz sonaba ahogada, palpitante.

–¿Sí?

–Quédate.

Se acercó a ella sin darse cuenta. El perfume femenino despertaba sus hambrientos sentidos, provocándole el deseo de inclinar la cabeza hacia la curva de su cuello para rozarla con los labios.

Por fin, con unos dedos que no eran del todo firmes, tiró lentamente de la cremallera.

Aquello se le estaba escapando de las manos.

–Vamos a llegar tarde –murmuró.

Ella levantó una mano para apartarse un mechón de pelo de la cara y cuando volvió a bajarla era el epítome del aplomo y el encanto. Y una tentación letal.

–Entonces, ¿a qué esperamos?

–A esto –respondió él.

Sin poder evitarlo, la tomó por la cintura y buscó su boca, deslizando la lengua entre sus labios para saciar su ansia.

Ella se quedó inmóvil durante un segundo antes de echarle los brazos al cuello. Remi la atrajo hacia sí, con un deseo que lo tenía esclavizado. Al notar el roce de sus firmes pechos dejó escapar un ronco gemido. Le hervía la sangre mientras la besaba.

Era exquisita, magnífica. Y la deseaba más de lo que había deseado nada en mucho tiempo.

No iban a llegar al primer acto de la ópera, pensó. Su anfitrión se sentiría decepcionado, pero le enviaría una nota de disculpa.

En un minuto.

Cuando hubiera saciado ese loco deseo.

Maddie apenas se dio cuenta de que la tomaba en brazos para llevarla a su dormitorio. Y no recuperó el sentido común cuando la dejó frente al sofá.

Ebria de deseo, lo vio quitarse la corbata, temblando de arriba abajo con la peculiar fiebre que le despertaba aquel hombre.

—Espero que contestes cuando te llamo al móvil, ¿entendido?

—Ya te he pedido disculpas. ¿Vas a seguir intentando intimidarme?

—Yo nunca he intimidado a nadie en toda mi vida. Lo que te he pedido, tú me lo has dado voluntariamente, ¿no es así? Eso no va a cambiar, especialmente en lo que respecta a nuestra futura relación.

—¿Por qué estamos aquí?

—¿Seguro que no lo sabes? —la retó él, abrazándola.

—Remi, ¿qué haces?

—Intentando librarme de esta locura.

—¿Qué locura?

Él no se molestó en responder. Buscó su boca y la besó con una intensidad que borró cualquier otro pensamiento.

Todas las advertencias que se había hecho a sí misma murieron en ese momento. Dejando escapar un gemido de impotencia, le echó los brazos al cuello y se puso de puntillas para no perderse ni un segundo del beso.

Cuando la empujó suavemente sobre el sofá, se dejó caer en él por voluntad propia, con los sentidos ardiendo. Remi volvió a buscar sus labios con salvaje y frenética intensidad mientras la acariciaba por todas partes con manos ansiosas.

Maddie no podía parar aquel tren a punto de descarrilar. En ese momento los porqués no importaban. Especialmente cuando él acarició sus pechos, rozando la punta de un pezón con el pulgar.

Dejando escapar un gruñido de impaciencia, Remi se quitó la chaqueta y, sin dejar de mirarla a los ojos, le levantó el vestido con una mano impaciente, dejando al descubierto las bragas de encaje húmedas de deseo.

Se colocó sobre ella, con la rígida columna de su erección presionando descaradamente contra su húmedo centro mientras buscaba sus labios una vez más.

Maddie estaba a punto de gritar, de suplicarle que calmase el dolor que sentía entre sus piernas, cuando él metió una mano entre los dos para tocar su sexo. La besaba apasionadamente mientras metía la mano bajo el encaje de las bragas y, cuando rozó el hinchado capullo, su cuerpo se convirtió en un horno. No se dio cuenta de que le estaba clavando las uñas en los hombros hasta que él levantó la cabeza.

—¿Por qué me haces esto? —murmuró con voz ronca.

Maddie parpadeó, sin saber qué decir.

—Yo…

Remi sacudió la cabeza mientras la exploraba con los dedos, haciendo eróticos círculos sobre el capullo. Estaba tocándola como ningún otro hombre la había tocado y, de repente, su virginidad se convirtió en algo precioso que no quería entregar en un corto revolcón. Y menos a un hombre que la miraba con esa expresión culpable.

—Remi… —murmuró, sujetando sus muñecas.

Él la miró, dejando escapar el aliento.

—¿Quieres que pare? —susurró, con expresión incrédula.

—Yo…

—No sé por qué te deseo tanto, pero, si de verdad quieres que pare, dímelo.

Maddie cerró los ojos, intentando encontrar su voz.

—Yo… soy virgen —dijo por fin.

Él se apartó como si lo hubiera golpeado, mirándola con expresión de total incredulidad. Despeinada y colorada después de la frenética exploración, le pareció la mujer más bella que había visto nunca.

Maddie quería seguir tocándolo, besándolo, antes de que todo terminase de modo inevitable. Pero entonces él empezó a mover la mano sobre sus bragas, lenta, tortuosamente.

—Dime por qué sigues siendo virgen a los veinticuatro años —la apremió, con los ojos grises casi negros de deseo.

El placer hacía que lo viese todo borroso, pero Maddie hizo un esfuerzo por recuperar el sentido común.

—No estaba esperando la oportunidad de entregarle mi virginidad a un príncipe —le dijo—. Tú no tienes el monopolio de los problemas sentimentales. Alguien me defraudó, alguien en quien confiaba. Después de eso, el sexo se volvió irrelevante.

Remi seguía mirándola a los ojos mientras la acariciaba, como si quisiera confirmar cada gemido de placer que extraía de ella.

Cuando rozó su entrada con un dedo, ella perdió la cabeza. Pero no iba a desmayarse, se negaba a hacerlo. Quería recordar cada segundo de aquel encuentro porque sabía que en algún momento tenía que parar.

–¿Ese hombre te hizo sentir esto? –le preguntó Remi con voz ronca.

–Nunca –susurró ella.

–¿Quieres que pare?

Maddie tragó saliva.

–No.

Él esbozó una sonrisa de pura satisfacción masculina. Y luego, antes de que ella pudiese poner fin a aquella locura, deslizó el dedo en su interior. Lentamente, con cuidado, quitándole el aliento con esa invasión.

Sus músculos se cerraron, absorbiéndolo hasta que Remi tocó la barrera de su inocencia y en su rostro vio una mezcla de sorpresa, ansia, posesivo y crudo deseo.

No debería sentirse tan eufórica. No debería dejarse llevar por aquella locura.

–*Dio mio, veramente squisito* –susurró él.

–Remi…

–Tranquila, mi bella inocente. Yo guardaré tu tesoro.

No se apartó. Al contrario, se colocó sobre ella y empezó a penetrarla con el dedo mientras la besaba, imitando el movimiento con la lengua.

Maddie no estaba preparada para ese placer enloquecedor. Con las manos hundidas en su pelo, se entregó a la embriagadora sensación, esclava de la magia de sus dedos.

Sabía que un grito ronco había escapado de su garganta y le daba igual. Solo podía agarrarse a él mientras su mundo explotaba en fragmentos de color.

Cuando volvió en sí estaba sola en el sofá y Remi frente a la ventana, mirando la calle: No sabía si quería darle tiempo para recuperar la compostura o se sentía culpable. Aunque sospechaba que era esto último, agradeció el respiro y se arregló la ropa a toda prisa.

Remi se dio la vuelta entonces y la miró en silencio durante un minuto.

—¿Por qué me miras así?

—Eres una mujer hermosa y deseable —respondió él con voz grave.

—Lo dices como si fuera una acusación.

Remi hizo un gesto con la mano.

—Tal vez esté intentando entender…

—Mira, no hay ningún misterio. Yo tuve un novio…

—¿Un novio? —Remi pronunció esa palabra como si fuera venenosa.

—Sabes lo que es un novio, ¿no?

—Cuéntamelo —dijo él, metiendo las manos en los bolsillos del pantalón—. Quiero saberlo.

—Greg y yo crecimos juntos y pensé que éramos amigos. Dejamos de vernos durante un tiempo, pero cuando necesité un amigo lo llamé a él. Pensé que era una relación en la que podía confiar… hasta que descubrí que se reía de mis problemas con sus ricos amigos. No solo eso, Greg se dedicaba a engañar a mujeres ingenuas, convenciéndolas para que invirtieran su dinero en arriesgadas aventuras financieras. Desgraciadamente, yo fui una de las víctimas.

Maddie no podía disimular su amargura, ni quitarse el peso de su propio fracaso por la traición de Greg. Confiaba tanto en él que le entregó los últimos ahorros de su padre, con la supuesta garantía de que su empresa doblaría la inversión en unos meses. Había pensado que tendría dinero para pagar la rehabilitación de su padre y eso la llenó de esperanza.

Pero lo había perdido todo.

Remi exhaló ruidosamente.

—¿Informaste a las autoridades?

—No sirvió de nada. Al parecer, todo era legítimo. Greg dijo que yo había firmado un documento y que conocía los riegos de la inversión. Se salió con la suya y yo me quedé con la ropa que llevaba puesta y sí, con mi virginidad.

—¿Esa es la razón por la que estás en la ruina?

—Podría culpar de todo a Greg, pero no, lo que pasó fue la gota que colmó el vaso y destruyó mi vida.

—¿Crees que tu vida está destruida?

Ella se encogió de hombros.

—Ahora mismo vivo con un desconocido que me da órdenes, me regaña cuando llego quince minutos tarde y paga por ese privilegio. ¿Cómo lo llamarías tú?

—Yo lo llamo negociar para conseguir lo que quieres sin comprometer lo que es importante para ti. Y no soy un desconocido.

Maddie se mordió los labios para no sonreír.

—Cuidado, Remi, o podría pensar que me respetas —bromeó. Él esbozó una sonrisa, pero enseguida volvió a fruncir el ceño—. ¿Lo ves? Ya estás tratándome como a una leprosa otra vez.

—¿De qué estás hablando?

—Lo que ha pasado en el sofá no ha sido planeado, así que, si vas a odiarte a ti mismo, por favor, hazlo en otro sitio.

A pesar del ceño fruncido de Remi, debía confesar que le gustaría repetirlo. ¿Y qué decía eso de su amor propio?

–Maddie…

–Si vamos a la ópera, tengo que ir a mi habitación a arreglarme un poco –lo interrumpió ella.

–No vamos a la ópera… –el sonido de su móvil lo interrumpió y Remi miró la pantalla con una mezcla de resolución e irritación–. Tengo que responder. Luego hablaremos, ¿de acuerdo?

Maddie fue a su habitación y se quedó mirando a su alrededor, atónita. Aún no sabía qué había pasado. Seguía preguntándoselo cuando sonó su móvil. Tardó un momento en entender lo que decía la angustiada señora Jennings y cuando lo hizo corrió hacia la puerta, casi agradeciendo esa distracción.

Porque ya no tenía que pensar que lo que acababa de experimentar con Remi Montegova la había cambiado para siempre. Y que tal vez no habría marcha atrás.

Capítulo 6

REMI exhaló un suspiro mientras salía del vestidor. Casi había disfrutado al hablarle a su madre de su decisión, aunque sabía que ella se opondría. Pero ya le había advertido que haría las cosas a su manera.

Había dejado a Maddie con desgana y había estado a punto de pedirle que volviese al ver el brillo de sus ojos. Recordaba el sabor de sus labios, la reacción ante sus caricias, su inocencia.

La ducha fría que se había dado después de cancelar la invitación a la ópera había sido inútil porque su cuerpo se encendía al recordarlo. Quería verla de nuevo, pero Maddie no estaba en el salón. Ni en su dormitorio.

—¿Dónde está? —le preguntó a Percy, asomando la cabeza en la cocina.

—Se ha ido, Alteza. Pidió un taxi hace quince minutos.

Remi intentó contener su alarma mientras la llamaba al móvil, pero de nuevo saltó el buzón de voz. Su móvil seguía apagado. Habían estado distraídos con otros asuntos y no lo había encendido.

Furioso, levantó el teléfono de la suite y llamó a Raoul, su jefe de seguridad.

—¿Dónde está? —le espetó.

—En un taxi, en dirección al sur de la ciudad, Alteza.

—¿Por qué se ha ido?

–No lo ha dicho, Alteza. Solo ha dicho que tenía que irse urgentemente.

Remi tomó aire, intentando mantener la calma. Estaba demasiado obsesionado con Maddie Myers y no podía controlar el deseo de saberlo todo sobre ella.

Estaba siendo irracional, pensó. Maddie tenía derecho a sus secretos, los que fueran. Descubrir su inocencia había revelado otra faceta de su carácter que lo había dejado sorprendido. Pero su admiración por Maddie por enfrentarse a los retos que la vida le ponía por delante también era la razón por la que estaba enfadado con ella. Su independencia lo molestaba tanto como su ausencia. Después del placer que le había dado, después de verla deshacerse espectacularmente entre sus brazos, ¿tan difícil era ceder un poco?

Se excitó de nuevo al recordar lo que había ocurrido en el sofá. Cuando descubrió su inocencia había sentido el primitivo deseo de reclamarla.

No le avergonzaba admitir que ese descubrimiento lo había tomado por sorpresa, que ni siquiera saber que estaba traicionando a Celeste había conseguido disipar el deseo que sentía por ella.

Cuando una ducha fría no consiguió disipar el deseo o el sentimiento de culpabilidad, se vio obligado a pensar de forma racional sobre un problema que debía resolver.

Y la conversación con su madre había resuelto eso de una vez por todas.

–Tú sabes dónde está. Llévame allí.

–Por supuesto, Alteza –dijo Raoul.

Remi cortó la comunicación y maldijo a Maddie por ser tan esquiva.

Aunque nunca se había aprovechado, sus privilegios

incluían no tener que perseguir nunca a una mujer. Las mujeres no disimulaban el deseo de estar entre sus brazos, en su cama, si mostraba el menor interés.

Una hora antes, Maddie había sucumbido a sus caricias para luego alejarse inmediatamente. Y esa era una experiencia única para él. Una que no quería repetir.

Exasperado, la llamó al móvil y lo tiró sobre el sofá cuando volvió a saltar el buzón de voz.

Esperaba que no estuviese con otro hombre.

¿O qué?, le preguntó su vocecita interior. ¿Montaría una escena?

¿Por qué no? Maddie era suya.

Remi se quedó inmóvil ante la enormidad de esas tres palabras.

Su móvil sonó en ese momento, pero se llevó una decepción al ver el nombre en la pantalla. Por primera vez en su vida, Remi hizo algo que no era propio de un príncipe, ignoró la llamada de la reina.

Su humor no había mejorado cuando llegaron a la calle a la que la había llevado después de su primer encuentro. Remi salió del vehículo y siguió a Raoul por un sucio portal hasta un apartamento del primer piso. La puerta era delgada y la pintura verde estaba cayéndose a pedazos.

Haciendo una mueca de desagrado, pulsó el timbre y se alegró al escuchar ruido en el interior. Pero frunció el ceño cuando Maddie abrió la puerta despeinada.

–¿Qué haces aquí? –le espetó ella, mirando por encima de su hombro.

–Déjame entrar.

–¿Y si no lo hago?

–Lo harás si no quieres que tus vecinos escuchen la conversación.

Por la ventana del rellano podía ver la comitiva de

coches y a los guardaespaldas que esperaban en la calle, que ya estaban llamando la atención.

–O podrías marcharte –sugirió.

–No voy a marcharme, Maddie. Todo será más fácil si me dejas pasar.

–Prefiero que no lo hagas.

–Espero que no te hayas ido de mi cama para estar con otro hombre.

La mera idea hacía que estallase de ira.

Ella lo miró con los ojos muy abiertos.

–¿Crees que estoy aquí con otro hombre?

Remi no estaba seguro, pero la posesiva bestia que lo tenía prisionero no lo soltaba y después de haberla acariciado, de haber conocido su inocencia, sentía que Maddie era suya, por irracional que fuera.

Había tomado la decisión de saciar aquel loco deseo para poder ver las cosas con claridad y concentrarse en sus deberes y obligaciones. ¿Qué había de malo en eso?

«Lo malo es tu traición».

Su vocecita interior fue como un jarro de agua fría.

Remi exhaló el aire, intentando razonar. No era una traición si su país lo necesitaba. Su tarea era encontrar una solución al problema, así de sencillo.

–Te has ido sin decirme una palabra. Me perdonarás si no tengo confianza en ti en este momento.

–Me fui por una emergencia –respondió ella–. Pensé que no te haría gracia que entrase en tu cuarto de baño para decírtelo.

–¿Y por qué no has encendido el móvil?

Ella se mordió el labio inferior, llamando su atención hacia las hinchadas curvas que él había besado unas horas antes, y el relámpago de deseo lo golpeó de nuevo.

–No se me ocurrió, la verdad –respondió Maddie.

Un ruido en el interior del apartamento hizo que girase la cabeza.

–Tienes cinco segundos para dejarme entrar –le advirtió Remi–. No sé si recuerdas que quería hacerte otra proposición, pero, si me marcho, nuestro acuerdo y la nueva proposición se habrán ido por la ventana.

Ella vaciló un momento antes de mirarlo a los ojos.

–Te dejaré entrar, pero no voy a permitir que me juzgues. Si veo un brillo de condena en tus ojos, se terminó.

Remi sintió el deseo de recordarle con quién estaba hablando, pero se encontró asintiendo con la cabeza.

Maddie abrió la puerta del todo y dio un paso atrás para dejarlo entrar a un pasillo estrecho y oscuro. Lo ofendía saber que vivía en un sitio como aquel. Maddie debería vivir en un palacio, entre obras de arte, sedas y joyas, disfrutando de las mejores viandas y recibiendo regalos que despertarían esa fantástica sonrisa suya.

Se merecía una vida en la que no hubiera ansiedad ni miedo.

Y él quería ser quien le ofreciese todo eso.

Ese pensamiento lo sorprendió, pero se dijo a sí mismo que el razonamiento encajaba con sus objetivos.

–Parece que has cambiado de opinión –dijo ella, decepcionada al ver su expresión.

Remi sujetó la puerta cuando ella estaba a punto de cerrarla. Le llegaba el olor de su perfume, en contraste con aquel sitio espantoso. Quería apretarla contra la pared, perderse en ella como había hecho en la suite.

Un ruido en el interior le recordó que no estaban solos.

Abruptamente, Maddie dio media vuelta y corrió por el pasillo. Remi la siguió hasta un desordenado salón lleno de muebles viejos y cajas de cartón, donde la encontró inclinada sobre una figura encogida en el sofá.

–Se me ha caído el vaso de agua.

–No pasa nada –murmuró ella.

El hombre debía de tener poco más de cincuenta años, aunque parecía mucho mayor y en un terrible estado de salud. Pero el parecido entre los dos era evidente.

–¿Quién es? –preguntó el hombre al verlo.

Remi dio un paso adelante y le ofreció su mano.

–Soy Remirez Montegova. Y usted debe de ser el padre de Maddie.

El hombre torció el gesto.

–Cualquiera diría que ella es la madre, por cómo me regaña. Tal vez usted podría convencerla. Dígale que me dé lo que necesito.

–Lo que necesitas es descansar –dijo Maddie con firmeza, aunque Remi se dio cuenta de que le temblaban los labios.

Remi miró al hombre de cerca. Estaba muy delgado, demacrado, y el instinto le dijo que sufría algún tipo de adicción.

–Voy a buscar otro vaso de agua –murmuró ella.

Remi la siguió. La cocina estaba en peor estado que el salón, pero intentó disimular su desagrado.

–Fuera lo que fuera lo que ibas a decir, no lo hagas –le advirtió Maddie.

–Muy bien, no voy a preguntarte si te has puesto las vacunas necesarias para sobrevivir en un sitio como este.

–Te he dicho…

–¿Durante cuánto tiempo crees que puedes mantener a tu padre en ese sofá cuando está claro que necesita atención médica?

–¿Crees que no sé lo que mi padre necesita? –le espetó ella, airada–. Tenía un plan. No era el mejor, pero estaba funcionando hasta que…

–¿Hasta qué?

La desesperación reemplazó a la ira.

–Ya casi lo habíamos conseguido.

–¿Ha recaído?

Ella asintió con la cabeza.

–Ahora no querrán operarlo. Iba a recibir un tras-plante de riñón –Maddie llenó el vaso con manos tem-blorosas–. ¿Por qué te cuento todo esto?

Remi le quitó el vaso de las manos y lo dejó en la encimera. Aquello era lo que necesitaba para conven-cerla, porque había decidido que aquella mujer era la respuesta a sus problemas.

–¿Qué haces? Tengo que…

–Tu padre no necesita agua, necesita cuidados médi-cos urgentes.

–Sí, pero para eso necesito dinero.

–¿El dinero que yo te pago?

–Pues claro. ¿Por qué iba a soportarte si no? –le es-petó ella.

Remi quería besar esos insolentes labios, pasar la lengua por esa piel maravillosa y seguir hasta que la hubiera poseído del todo. Pero contuvo ese loco deseo, como contenía el sentimiento de culpabilidad. Por alguna razón, el deseo se había apoderado de él, pero sabía que en cuanto la hiciese suya todo terminaría. Y, por el mo-mento, tenía que concentrarse en conseguir sus objeti-vos más inmediatos.

–Lo que te pago no será suficiente para darle todos los cuidados que necesita.

Maddie frunció el ceño.

–Pues claro que sí. He hablado con el hospital y sé lo que necesita.

–¿Eso incluye los cuidados después de la opera-ción? ¿Incluye un plan de contingencia por si rechazase el órgano o tratar las complicaciones que podría haber? ¿Y si volviese a recaer? ¿Cuánto tiempo tiene que estar limpio para que puedan operarlo?

—Seis meses —respondió ella, pálida.

—¿Y piensas quedarte aquí otros seis meses?

—Ya está bien de preguntas. No necesito que me recuerdes mis problemas, los conozco demasiado bien.

—Estupendo. Entonces permite que aporte una solución.

—¿Qué?

Remi metió las manos en los bolsillos del pantalón y dio un paso atrás para poder pensar con claridad.

—Hay una clínica en Suiza que mi familia respalda económicamente. Las instalaciones son de última generación y, sobre todo, la discreción está garantizada.

—No me digas. ¿Es ahí donde van los aristócratas a cuidar sus adicciones?

—Madeleine…

—¿Por qué me pones esa clínica como cebo? —le preguntó Maddie, cruzándose de brazos.

Remi torció el gesto. Había encontrado una solución a su problema y no entendía por qué parecía enfadada.

—Puedo hacer que tu padre ingrese allí en veinticuatro horas.

—¿Por qué quieres ayudarme? Mis problemas no tienen nada que ver contigo y, si no recuerdo mal, había aceptado cumplir mi parte del trato a cambio de dinero.

—Necesito tus servicios durante más tiempo del que había pensado.

—¿Cuánto tiempo?

Remi vaciló, porque no lo había pensado. ¿Cuánto tiempo? ¿El tiempo suficiente para tranquilizar a su gente, a su madre? ¿El tiempo que siguiera deseándola?

El deseo que sentía por ella se acabaría más pronto

que tarde, estaba seguro. Cuanto más ardiente era la pasión, más rápido se quemaba. En cuanto a su madre, se acostumbraría a la idea. Como ella misma había dicho, los dos se habían dejado seducir por la idea del amor eterno, pero se habían llevado una terrible decepción. Sí, era mejor actuar con la cabeza y no dejarse llevar por los sentimientos.

Solo debía pensar en su país, en el bienestar de su gente. Montegova había soportado un escándalo recientemente y el trono requería estabilidad. Al menos durante un tiempo.

—No lo sé —respondió por fin—. Pero me encargaré de que tu padre reciba el tratamiento que necesita y tú no tendrás que volver a preocuparte.

—¿Y a cambio? —preguntó ella con tono aprensivo.

—A cambio, quiero que te cases conmigo.

Maddie pensó que debía de haber oído mal. O era una cruel revancha por su abrupta desaparición del hotel.

El hecho de que su corazón se hubiese detenido durante una décima de segundo, que hubiera querido agarrarse a esas palabras como si fuesen verdaderas, era igualmente cruel.

Remi la deseaba, no era ciega. Pero aquello…

—La puerta está detrás de ti. Puedes irte cuando quieras.

—¿Disculpa? Creo que no me has oído bien…

—Te he oído perfectamente. Y no me gusta que se rían de mí.

—¿Crees que me estoy riendo de ti?

Una risa amarga escapó de su garganta antes de que pudiese evitarlo. Lo lamentó inmediatamente, pero necesitaba algún mecanismo de defensa contra la loca esperanza que había nacido en su corazón al escuchar esas palabras.

«Quiero que te cases conmigo».

¿Se habría vuelto loco? Maddie miró la diminuta cocina gris que apenas podía contener al poderoso y magnético príncipe. No, Remi Montegova estaba en posesión de sus facultades y su intensa mirada sugería que estaba esperando una respuesta.

–¿Hablas en serio?

–Te aseguro que sí –respondió él, con gesto ofendido.

–Pero eso no tiene sentido.

–Tal vez me he expresado mal. Deja que te lo explique.

–Sí, por favor.

Remi miró el sucio ventanuco antes de volver a mirarla a ella.

–Tras la muerte de mi padre descubrimos que había tenido una aventura extramarital y que Jules era el resultado. Eso provocó una gran inestabilidad en el país que debería terminar con mi matrimonio y mi coronación, pero entonces… –Remi apretó los labios– entonces perdí a Celeste y tuvimos que retrasar mi subida al trono.

–¿Y eso qué importa? Supongo que tu gente sigue queriendo a su príncipe.

–Mi madre quiere renunciar al trono –anunció él solemnemente.

Maddie tragó saliva.

–Pero eso significa que tú serás el rey.

–Así es. Por eso es urgente que contraiga matrimonio.

–¿Por qué?

–Mis compatriotas son progresistas en muchos sentidos, pero en otros son muy tradicionales. Prefieren una reina viuda que un rey soltero. No esperan que viva como un santo y, como demostró mi padre, ni siquiera los monarcas casados son infalibles.

Imaginarse a Remi con otra mujer le provocó a Maddie una angustia que intentó disimular.

—Y para ocupar el trono tienes que estar casado.

—Con los retos a los que se enfrenta mi familia en este momento, sí.

—¿Y crees que elegir a alguien como yo es la solución? ¿No he leído en algún sitio que tenías una lista de posibles candidatas?

—No voy a dejar que nadie me diga quién debe ser mi esposa.

El corazón de Maddie se volvió loco.

—¿No hay comités y estrategias que aprueban los matrimonios reales?

Remi permaneció en silencio durante unos segundos antes de responder:

—Celeste y yo nos conocimos en una fiesta que organizó el ama de llaves para su nieto cuando yo tenía seis años y ella tres. Mi madre nunca separó a los niños de los empleados de sus hijos. Celeste podría haber sido la nieta de un mozo de cuadras y aun así nos habríamos comprometido.

—Pero no lo era, ¿no? Era parte de tu mundo, una mujer que tu madre aprobaba —dijo Maddie.

—Yo no le pedí su aprobación entonces y no voy a pedírsela ahora.

Maddie intentó ver las cosas de modo racional. Los dos tenían un problema que exigía solución, pero casarse…

—¿Es tan sencillo para ti?

Remi esbozó una sonrisa.

–Es mejor tomar esta decisión con los ojos bien abiertos.

¿No tenía que ver con haber jurado devoción eterna a una mujer que ahora estaba muerta y seguramente sería la dueña de su corazón para siempre?

Maddie sacudió la cabeza.

–Aunque quisiera casarme contigo, y no es así, eso invitaría a especulaciones sobre tu elección de esposa. Nadie aprobaría que te casaras conmigo.

–¿Esa es tu respuesta?

Ella abrió la boca para decir que no, que necesitaba tiempo para hacerse a la idea después de tan inesperada proposición. Pero la cerró de nuevo sin decir nada.

Porque hablaba en serio. Remi Montegova de verdad estaba pidiéndole que se casase con él.

En los días felices, como tantas chicas, había soñado con ese momento especial, cuando el hombre de sus sueños le pidiera que se casase con él.

Nunca jamás se había imaginado que sería la desabrida proposición de un príncipe en medio de una decrépita cocina en un ruinoso apartamento.

–Maddie –dijo Remi, con tono impaciente.

Ella sacudió la cabeza.

–Lo siento…

Las palabras apenas habían salido de su boca cuando él dio media vuelta para salir de la cocina. Maddie se quedó helada. La sorpresa de su abrupta partida la mantuvo inmóvil hasta que oyó toser a su padre. Entonces, pensando que la única persona que podía salvar su vida iba a desaparecer para siempre, corrió hacia la puerta.

No sabía si se había vuelto loca, pero ¿qué otra cosa podía hacer? Su padre no viviría seis meses en esas condiciones.

De modo que se colocó frente a él, se obligó a mirar

el hermoso rostro del príncipe Remi Montegova y pronunció una sola palabra:

—Espera.

Él enarcó una aristocrática y altiva ceja.

—Quiero una respuesta, Maddie.

—¿Estás seguro de que esto es lo que quieres?

—Estoy seguro, pero tú debes estar segura también. Y quiero que lo digas.

Ella tragó saliva antes de susurrar:

—Me casaré contigo.

Capítulo 7

MADDIE sintió el deseo de retirar esas palabras, de alejarse del precipicio en el que se encontraba de repente. Pero el temor por la vida de su padre la mantuvo en silencio mientras miraba al hombre con el que había aceptado casarse.

Remi también la miraba, en silencio, pero el brillo de sus ojos había desaparecido y eso le despertó una nueva oleada de ansiedad.

¿Qué había hecho?

Remi le puso una mano sobre el hombro, casi rozándole el cuello.

—Un consejo antes de seguir adelante, Maddie. Esto solo es una transacción, un matrimonio de conveniencia por mi gente y por mi país. Sería sensato que no lo vieses de otro modo.

Algo murió dentro de ella, algo que no sabía que existiera hasta que lo perdió. Y el vacío que dejó atrás hizo que intentase sujetar las riendas de sus alocadas emociones.

—¿Me estás advirtiendo que no me enamore de ti? —le preguntó, con toda la altivez de la que era capaz.

—Eso es precisamente lo que estoy haciendo.

Maddie se sintió avergonzada de su traidor cuerpo, de la debilidad que provocaba en ella. ¿Era esa debilidad lo que Greg había visto, por eso se había aprovechado?

–Gracias, pero tan presuntuosa advertencia no es necesaria porque ya aprendí la lección una vez. Puede que tú seas un buen partido en algunos círculos, pero no eres mi tipo.

En los ojos de Remi apareció un brillo retador.

–¿Y cuál es tu tipo de hombre?

«Menos carismático, menos guapo, menos abrumador. Menos… todo».

No lo dijo en voz alta, por supuesto.

Una tosecilla rompió el silencio y la seductora magia de esa caricia. Remi bajó la mano, pero no se apartó.

–Tengo que atender a mi padre.

–Tenemos cosas que discutir, pero antes me encargaré de que tu padre sea trasladado a Suiza.

–Muy bien.

–Solo quiero facilitarte la transición a mi vida.

«Una transacción, nada más».

–De todos modos, te lo agradezco mucho.

Remi salió de la cocina y se dirigió a la puerta del apartamento.

–Te espero en la suite a las seis. Haz las maletas y guarda todo lo que necesites, no volverás aquí.

Cuando desapareció, Maddie miró a su alrededor, preguntándose si los últimos diez minutos habían ocurrido de verdad. ¿De verdad había aceptado casarse con el futuro rey de Montegova? ¿Un hombre que le había advertido que no debía enamorarse de él?

Tenía el corazón encogido cuando se volvió para mirar a su padre, que se había quedado dormido. Se había asustado tanto cuando recibió la llamada de la señora Jennings… Y mientras tiraba los analgésicos que había encontrado, después de un frenético registro, sabía que ya era demasiado tarde para la operación.

Pero no era demasiado tarde para salvarlo. Y si la solución era casarse con Remi...

¿El precio que había exigido sería demasiado alto?

Maddie miró a su padre. No, no había precio demasiado alto para salvar su vida.

Mientras lo arropaba con una manta pensó que esa no era toda la verdad. Había una razón por la que el instinto le había advertido que se alejase de Remi el día que lo conoció. Greg la había engañado, pero iba a hacer aquello con los ojos bien abiertos. Además, Remi no estaba manipulándola con falsas promesas.

Pensando en ello, se dispuso a hacer las maletas y guardó sus pocas cosas de valor: fotografías y recuerdos de sus padres en días más felices, el collar que le habían regalado cuando cumplió dieciséis años...

Seguía incrédula cuando un equipo médico de seis personas apareció en el apartamento dos horas después. Eso le aseguró que su padre estaba en buenas manos y, por suerte, él aceptó la noticia sin protestar. Incluso salió de su estupor para devolverle débilmente el abrazo antes de que lo metiesen en la ambulancia.

—Ponte bien, papá —le dijo, intentando contener las lágrimas—. Tú eres lo único que tengo. Por favor, ponte bien.

Él esbozó una sonrisa.

—Lo intentaré, cariño.

—Prométemelo —insistió ella.

Su padre cerró los ojos un momento.

—Te lo prometo.

Uno de los médicos se acercó entonces.

—Vamos a ingresarlo en la clínica de Chelsea para hacerle pruebas y mañana lo llevaremos a Ginebra.

Maddie, con un nudo en la garganta, se secó las lágrimas de un manotazo.

–¿Tan rápido?

–Nos han pedido que llevemos a su padre a Ginebra lo antes posible.

Fue con la ambulancia a la clínica, pero su padre se quedó dormido en cuanto le pusieron una vía intravenosa y decidió que podía marcharse.

Unos minutos después estaba de vuelta en el hotel. Lo que le quedaba de aliento se evaporó al ver a Remi, alto e imponente, cuando se abrieron las puertas del ascensor. Él le hizo un gesto para que entrase en la suite y Maddie pensó que no tenía sentido discutir. Se había metido en aquella situación con los ojos abiertos.

–Espero que todo haya ido bien.

–Mi padre tenía mejor aspecto –le dijo, cruzando los dedos mentalmente para que siguiera siendo así.

–Me alegro. Siéntate, por favor.

Cuanto antes hablasen, antes podría ir a su habitación para asimilar el impacto de todo lo que había pasado en las últimas horas.

La llegada de Percy con una bandeja la dejó sorprendida. En silencio, el mayordomo abrió una botella de champán, sirvió dos copas y luego se alejó discretamente.

–¿Qué vamos a celebrar?

Remi se encogió de hombros.

–Creo que antes he sido un poco antipático –murmuró, mientras le ofrecía una copa.

–¿Temes que cambie de opinión?

–Me has dado tu palabra y he descubierto que eres una mujer de palabra. Pero también quiero demostrarte que no voy a ser un ogro durante nuestro matrimonio.

«Matrimonio». Esa palabra seguía haciendo que se le encogiera el estómago.

–¿Brindamos por ello?

—Muy bien.

Remi se sentó a su lado, envolviéndola con su embriagador aroma.

—Es importante que este matrimonio funcione, Maddie. Por mi gente, por mi país. Cuando mi madre deje el trono, la transición debe ser sosegada. Por eso tenemos que agilizar los preparativos. Tu padre pronto estará en Ginebra y no podrás visitarlo. Estará aislado durante las próximas ocho semanas y si vamos a casarnos en cinco semanas…

—¿Cinco semanas?

—¿Algún problema?

—Pero pensé… tú eres el príncipe heredero y pronto serás el rey. ¿Las bodas reales no tardan meses, años en planearse?

—Mi madre lleva dos años esperando que me case y está decidida a que eso ocurra lo antes posible.

El recordatorio de que su anterior boda había sido frustrada por una tragedia dejó a Maddie en silencio. Sabía que iba a casarse con ella por sentido del deber. Incluso le había advertido que no se enamorase de él porque su corazón estaba comprometido para siempre con otra persona.

—Una última cosa.

—¿Sí?

—Aunque no es un matrimonio por amor, espero que actúes como una esposa enamorada cuando estemos en público.

Maddie no pudo contener una risa amarga.

—Así que debo hacerte carantoñas en público, ¿es eso?

—En el momento apropiado y siempre de forma elegante, sí.

Dios, aquel hombre era increíble.

–¿Y tú? ¿Tú no tienes que hacerlo?

–Te aseguro que yo también haré mi papel –respondió él, apartando la mirada–. Pero antes de la boda tendrás que tomar unas clases sobre el arte de la diplomacia.

Maddie se levantó y él la siguió con la mirada mientras paseaba por el salón.

–Todo puede parecer abrumador en este momento, pero sé que sabrás estar a la altura de las circunstancias.

–Me alegro de que uno de los dos tenga tanta confianza.

–Tienes veinticuatro años, eras poco más que una niña cuando la tarea de cuidar de tu padre recayó sobre tus hombros. Pusiste tu vida patas arriba por él, así que estoy seguro de que no será una tarea tan difícil.

Sería fácil para él, pensó Maddie. Porque nunca sentiría por ella lo que había sentido por Celeste.

Remi se levantó entonces y la tomó por la cintura. Y luego, sin decir nada, se apoderó de sus labios.

El beso fue profundo y emocionante. Él la aplastaba contra su torso mientras exploraba sus labios, enardecido. Unos segundos después levantó la cabeza y se miraron el uno al otro mientras a Maddie le latía el pulso en los oídos.

–¿Por qué… por qué has hecho eso?

–Para practicar. Este matrimonio tiene que parecer real.

A la mañana siguiente, cuando salieron del hotel para ir al aeropuerto, se encontraron con un grupo de periodistas en la puerta.

–Mi oficina de prensa ha alertado a los medios de comunicación de que mi interés por ti se ha convertido en… algo más –le contó Remi.

No respondió a las frenéticas preguntas de los periodistas, pero la sostuvo por la cintura en un gesto posesivo mientras subían a la limusina.

Maddie seguía repitiéndose a sí misma que todo era una farsa cuando llegaron al aeropuerto privado y vio el impresionante jet de la familia real de Montegova. Y su inquietud aumentó cuando Remi desapareció con un grupo de oficiosos consejeros en cuanto subieron al avión.

Un hombre mayor, que se presentó como profesor de Historia, se sentó a su lado y Maddie agradeció la distracción. Pero durante las siguientes horas descubrió que solo los antepasados directos de Remi o sus esposas habían gobernado el país. Y eso despertó otra pregunta.

«Este matrimonio tiene que parecer real».

¿Eso significaba tener hijos, herederos?

Estaba dándole vueltas al asunto cuando Remi llegó a su lado y el profesor se levantó inmediatamente para dejarle el asiento.

–¿Qué ocurre? Parece que has visto un fantasma.

–Tengo que hacerte una pregunta.

Remi enarcó una imperiosa ceja.

–¿Sí?

–Acabo de descubrir que tu familia ha gobernado Montegova desde siempre –dijo Maddie–. Eso significa que debes tener hijos.

–Quiero que mis hijos hereden el trono algún día, sí.

–Pero eso significa…

–Eso significa que, por ley, debemos consumar el matrimonio para que sea legítimo. Pero, cuando te lleve a mi cama en nuestra noche de bodas, no será para traer hijos al mundo.

¿Por qué eso hacía que se le encogiera el corazón? Maddie no podía entenderlo. Tal vez porque Remi pensaba en el futuro de su país, pero seguía apegado al pasado, a su difunta prometida.

La angustia seguía presente cuando aterrizaron en Montegova y fueron recibidos por una delegación. Después de las presentaciones subieron al coche oficial y, unos minutos después, llegaban por fin a la preciosa capital de Montegova.

Playagova era una asombrosa mezcla de antigua y moderna arquitectura, una ciudad llena de historia que ella se moría por explorar, pero su nerviosismo aumentaba a medida que se acercaban al palacio y cuando llegaron al magnífico edificio tenía las manos crispadas en el regazo.

Remi apretó su mano, despertándole otro tipo de nerviosismo. Desde que mencionó la noche de bodas sentía un cosquilleo en la pelvis que no podía contener por mucho que lo intentase. Y estaba empezando a pensar que era inútil seguir intentándolo.

Se sentía locamente atraída por él y Remi estaba dispuesto a poseerla completamente, aunque solo fuese por las noches. Él la miró y sus labios se abrieron automáticamente, respondiendo al deseo que había entre ellos. Pero su angustia volvió cuando Remi apartó la mano.

Con el fantasma de su prometida entre los dos, pensó que, a menos que encontrase la forma de contener sus emociones, se arriesgaba a sufrir más de lo que había sufrido por culpa de Greg.

Seguía pensando en ello mientras esperaba con Remi frente a la puerta del salón privado de la reina Isadora.

–¿Algún consejo? –le preguntó.

–Sencillamente, sé tú misma –respondió él.

–¿Quieres decir que sea tan encantadora como siempre?

Remi respondió mirándola de arriba abajo. Llevaba un vestido de color naranja de manga larga y discreto escote que un estilista de palacio le había proporcionado media hora antes.

–Cuando quieres, sabes cautivar, Maddie. No tendrás ningún problema con mi madre.

Ella quería odiarlo por dejarla sin habla una vez más, pero estaba ocupada intentando respirar cuando la puerta se abrió.

–Su Majestad está lista para recibirlos –anunció un mayordomo.

El salón en el que entraron era un comedor con una mesa en la que cabrían doce personas. Sentada a la cabecera, estaba la reina de Montegova.

Unos ojos parecidos a los de Remi los siguieron hasta que llegaron a su lado. La reina Isadora tenía una expresión formidable y Maddie se sintió como si llevase escritos todos sus secretos en la frente.

–Me alegro de verte, mamá –dijo Remi, inclinándose para darle un beso en la mejilla.

La reina examinó a su hijo con gesto serio.

–¿De verdad?

–No hagamos esto más difícil de lo necesario. Te presento a Madeleine Myers.

–Es un honor conocerla, Majestad –dijo Maddie, haciendo una ligera reverencia.

–Tiene buenas maneras –dijo la reina–. Algo es algo.

–Mamá… –murmuró Remi con tono de reproche.

Su madre se volvió abruptamente hacia él.

–No es así como deben hacerse las cosas. Cuando te envié a Inglaterra para solucionar el problema de Jules no me imaginé que volverías con esa mujer…

–Majestad, le agradecería que no hablase de mí como si no estuviera presente –se atrevió a interrumpir Maddie.

Dos pares de ojos se volvieron hacia ella, los de Remi burlones, los de la reina, atónitos.

–Tienes carácter. También puedo reconocer eso –dijo Isadora.

–Si vamos a ser familia, me gustaría saber cómo proceder para no ofenderla.

–Aún no eres de la familia –murmuró la reina.

–Pero lo será –dijo Remi–. He tomado una decisión.

Durante unos segundos reinó el silencio. La reina miraba a su hijo sin pestañear. Y entonces ocurrió algo extraordinario.

Dejando escapar un suspiro, la reina asintió con la cabeza.

–Muy bien. Si es así como tiene que ser, lo acepto.

Maddie no sabía que estaba conteniendo el aliento hasta que escapó de sus pulmones. Pero entonces descubrió que el calvario no había terminado.

Durante las siguientes dos horas, la reina la interrogó sobre todo, desde las mascotas que había tenido en su infancia hasta el abandono de su madre.

Saber que Remi se lo había contado debería haberla disgustado, pero en realidad era liberador. Estaba cansada de llevar la carga de los bochornosos secretos familiares.

Pero mientras descargaba ese peso de sus hombros sabía que había uno nuevo, mucho más devastador. Uno que aún no podía decir en voz alta. O tal vez nunca.

Miró a Remi de soslayo mientras la acompañaba a
su habitación. Le había advertido que no se enamorase
de él y, durante el tiempo que durase la farsa de su matrimonio, pensaba hacer todo lo posible para no dejarle
entrar en su corazón.

Capítulo 8

MADDIE levantó la mirada del informe que estaba leyendo sobre su padre cuando Remi entró en su habitación. Como había ocurrido cada día en las cinco semanas que llevaba en Montegova, su cruda virilidad y su forma de caminar, como un predador a la caza, le provocó un cosquilleo que era incapaz de contener.

Los consoladores pensamientos sobre los progresos de su padre dieron paso a la tensión cuando los ojos grises se clavaron en ella. Remi había levantado un rígido muro entre los dos desde que llegaron a Montegova y cada día que pasaba entendía mejor cuánto había amado a Celeste.

Había muerto, pero seguía allí. Desde las habitaciones en el ala este en las que no entraba nadie a la yegua de raza, Lipizzaner, que era cepillada cada día, pero que nadie montaba. Remi había erigido un santuario para su difunta prometida, se había rodeado de recuerdos de su perdido amor.

Maddie dejó el informe sobre la mesa.

—Pensé que no volvería a verte hasta mañana.

A mediodía habían acudido a una competición benéfica y pensaba que esa sería la última actividad del día.

Decir que la fiebre de la boda se había apoderado del país era quedarse corto. Incluso había eclipsado la noticia de la renuncia al trono de la reina. Había sido presentada oficialmente como la prometida del príncipe Remirez y estaba sorprendida por lo bien que había sido recibida. Y también eufórica por la interminable procesión de regalos que llegaban de todas partes del mundo.

Pero esa euforia había desaparecido al darse cuenta de que el hombre con el que iba a casarse no sentía nada; que la simpatía y las atenciones hacia su futura esposa cuando estaban en público eran solo una farsa.

Porque tras la puerta cerrada, Remi se alejaba de ella.

No podía criticarlo por ello. Le había advertido desde el principio que no se enamorase de él. El problema era que su corazón y su cabeza tenían planes diferentes.

—He venido para darte esto —dijo Remi, sacando del bolsillo una caja de terciopelo azul.

—¿Otra joya?

—Así es.

Había recibido varias reliquias familiares durante la última semana, como era tradición del país. Una de tantas.

—¿Por qué haces esto? —le preguntó, incapaz de contenerse.

La expresión de Remi se volvió más remota.

—Era de mi abuela. Lo llevó el día de su boda.

—No me refiero a eso. ¿Por qué vas a casarte conmigo si te hace tan infeliz?

—¿Tengo que explicarte las razones otra vez?

—Sé que lo haces por tu gente, pero tú también deberías quererlo.

—¿Crees que no quiero esto?

—Creo que darías lo que fuera para que tu esposa fuese otra persona. Dime que estoy equivocada.

Remi palideció.

–Ese razonamiento es una pérdida de tiempo, no sirve de nada. El pasado no puede cambiarse.

Maddie se levantó de la silla.

–Y, sin embargo, dejas que dicte tu futuro. Si no has terminado de llorarla deberías esperar, Remi. Seguro que tu gente entenderá que quieras esperar hasta que encuentres a una mujer que…

Él tiró la cajita sobre la silla y la tomó por los hombros.

–Tenemos un acuerdo. Si estás intentando escapar, te aconsejo que no lo hagas.

–Estoy intentando… –Maddie se detuvo para tomar aliento–. Nadie habla de ella. Todo el mundo susurra. Les da miedo disgustarte pronunciando su nombre.

–¿Qué?

–Me has oído perfectamente.

–Te estás entrometiendo en algo que no te concierne.

Ella se rio, pero era un sonido amargo.

–¿No me concierne? ¿Porque se supone que esto es una simple transacción?

–Precisamente.

–No soy un robot, Remi, tengo sentimientos. Solo puedo mantener la farsa durante un tiempo.

–¿Es una amenaza?

–No, es una sugerencia. Le harás un flaco favor a tu gente si este matrimonio resulta no ser lo que esperan.

–¿Te atreves a decirme cómo cuidar del bienestar de mi gente?

–Estoy intentando hacerte ver la situación desde una perspectiva diferente. No deberías rechazar la idea de tu madre. Nunca se sabe, puede que en su lista encontrases a una mujer a la que pudieses amar, una mujer que te gustase.

–¿Crees que no me gustas?

–¿De verdad tengo que responder a esa pregunta?

Remi tiró de ella y buscó sus labios en un beso implacable, ardiente, que la consumió por completo. Habían pasado cinco largas semanas desde su encuentro en la suite de Londres y con cada roce, con cada caricia orquestada para el público, el deseo se agigantaba.

Con una mano en su cintura y la otra enredada en su pelo, se devoraron el uno al otro durante unos interminables minutos.

Estaban jadeando cuando Remi por fin se apartó. Pero no la soltó ni dejó de mirarla a los ojos.

–Puede que mis sentimientos por ti no sean convencionales –dijo con voz ronca–, pero eres como una fiebre en mi sangre. Solo te deseo a ti. ¿Entiendes eso?

Maddie quería reclamar esas palabras, guardarlas en su dolorido corazón. Pero no podía hacerlo porque…

–Es solo sexo –dijo con voz temblorosa.

–Es más de lo que tiene mucha gente.

–¿Y qué pasará cuando se acabe?

Remi apretó los labios.

–Entonces encontraremos la forma de convivir civilizadamente.

–Pero eso no puede ser suficiente para ti.

–Por mi país, tiene que ser suficiente –dijo él, haciendo un esfuerzo para apartarse–. Tengo entendido que tu padre está haciendo progresos.

–Así es.

–Ese debe ser tu objetivo. Nada más.

«¿Y yo? ¿Y mi corazón? ¿Y lo que yo quiero?».

Las palabras se le quedaron en la garganta.

–Nos veremos mañana en el altar, Madeleine. Ponte el collar, eso me complacerá.

Cuando salió de la suite, llevándose con él todo el oxígeno de la habitación, Maddie se dejó caer sobre la silla. Cuánto le habría gustado que esa conversación terminase de otro modo.

¿De verdad había esperado una señal de que algún día superaría la pérdida de su prometida? ¿Que la impenetrable fortaleza de su corazón se abriría para dejar entrar a otra mujer, alguien como ella? ¿Cuántas veces tenía que advertirle a su tonto corazón? Era hora de aceptar la realidad y dejar de soñar con algo imposible.

Suspirando, miró la cajita de terciopelo. No sabía si la tomó por curiosidad, para ver la preciada reliquia familiar, o porque era una sólida confirmación de que al día siguiente se casaría con Remi Montegova como había prometido.

Para bien o para mal, y durante el tiempo que durase, sería la esposa de Remi. Tal vez en el futuro la distancia emocional se convertiría en distancia física. Entonces él la dejaría ir y les ahorraría a los dos un matrimonio sin amor y sin sexo.

Maddie ignoró la angustia que le produjo ese pensamiento mientras abría la caja. Tenía que aceptar esa boda, poner su mejor cara y hacer su papel.

Pero a la mañana siguiente, mientras varias ayudantes la preparaban para la ceremonia con eficiencia, amables sonrisas y muda emoción, todo cuidadosamente orquestado para calmar sus nervios, las mariposas de su estómago estaban en plan kamikaze. Iba a casarse con el príncipe heredero de Montegova, el hombre que en unas semanas se convertiría en rey.

Cuando le pusieron el vestido de novia se emocionó. Se había enamorado de él nada más verlo. Lo había elegido de una selección de tres de los mejores diseñadores de Montegova cinco días después de que se anunciase el compromiso y era de seda y encaje, con un discreto escote en forma de corazón. El pesado material caía hasta el suelo, con una elegante cola de encaje bordado con diamantes. Era discreto por delante, sí, pero llevaba la espalda al aire.

Había dudado antes de elegir un diseño tan atrevido, pero el pesado velo de encaje ocultaría su espalda desnuda y, por alguna razón, había sentido una chispa de alegría al pensar en ponerse ese vestido.

Tal vez por el accidental descubrimiento del vestido de novia de Celeste mientras exploraba el palacio. Sabía que debería haber salido de la habitación en cuanto sospechó que era la de Celeste, pero la curiosidad pudo más. Y en cuanto vio el discreto vestido de satén decidió que ella llevaría algo completamente diferente.

Tal vez había sido un error, pensó, mientras se pasaba las manos por las caderas. Pero quería ser ella misma durante esa farsa de matrimonio. En todos los sentidos, aunque solo fuese para conservar la cordura.

Después de ponerle el vestido, le entregaron la caja que contenía el collar de la abuela de Remi y tuvo que sonreír al escuchar las exclamaciones de emoción. Una ayudante le puso el collar de diamantes con gesto respetuoso y con el chasquido del cierre llegó el momento.

Maddie parpadeó para controlar las lágrimas que habían asomado a sus ojos. Se había despertado esa mañana sintiendo una profunda soledad y esa sensación se intensificó cuando recibió una nota de su padre, que volvió a leer en ese momento para darse ánimos.

Mi querida Maddie,
Los últimos años han sido difíciles para todos nosotros, pero especialmente para ti. No he podido ayudarte, al contrario, te he decepcionado.

Te escribo esta nota no para pedirte perdón, sino para decirte lo orgulloso que me siento de ti, mi alegría por tus logros y mi admiración por tu carácter.

Mi única pena es que hoy no podré estar a tu lado cuando entres en la iglesia.

Te deseo un largo, feliz y fructífero matrimonio, querida hija.

En cuanto al perdón... tal vez algún día te lo pediré. Cuando sea lo bastante fuerte y digno como para que puedas llamarme padre otra vez.

Por ahora, con todo mi cariño,

Papá

Maddie apretó la nota contra su corazón, sintiéndose más sola que nunca. Su único alivio era que Remi había insistido en hacer públicas sus circunstancias familiares para evitar escándalos. La noticia de que su padre estaba ingresado en una clínica de rehabilitación, a la espera de un trasplante, fue recibida con algunas críticas, pero el furor se había desvanecido enseguida. Su pasado ya no era un secreto y podía entrar en la iglesia con la cabeza bien alta.

Maddie salió de su habitación y se quedó sorprendida cuando llegó a la puerta del palacio y se encontró con un hombre alto y moreno de enorme parecido con Remi.

—Mi hermano me ha dicho que tu padre no podía estar aquí hoy, así que me he ofrecido voluntario para acompañarte. Soy Zak, por cierto —le dijo, inclinando la cabeza para rozar su mano con los labios.

—Encantada de conocerte, pero no tienes que hacerlo si no quieres.

—Mi oferta no es del todo altruista. Se me ha reprochado no haber tomado parte en los preparativos de la boda y lo mínimo que puedo hacer es conocer a mi futura cuñada antes de que se case con mi hermano.

Le ofreció su brazo, como había hecho Remi tantas veces desde que llegaron a Montegova, pero sin la encantadora sonrisa de Zak.

Maddie tomó aire y parpadeó para controlar las lágrimas.

–Gracias.

Subieron al carruaje que esperaba en la puerta y su angustia aumentó al ver que el camino hasta la catedral, reservada para ceremonias reales, estaba abarrotado de gente que esperaba para saludar a la princesa.

Maddie sonrió y saludó con la mano, intentando no pensar en lo que estaba pasando. Irónicamente, la presencia de Zak le recordaba que en menos de una hora sería la esposa de su hermano y que estaba arriesgando su corazón por un hombre que nunca la querría.

El pobre corazón que se aceleró al ver a Remi frente al altar, con un impecable chaqué de color gris que destacaba sus anchos hombros a la perfección.

Los pajes que llevaban la cola del vestido, la música del órgano, las maravillosas luces de la catedral, los murmullos de los asistentes, todo desapareció y solo podía ver a Remi.

Era un milagro que consiguiera poner un pie delante del otro para acercarse al hombre que pronto sería su marido.

Apenas oyó las palabras de Zak mientras la dejaba ante el altar. Solo podía sentir los salvajes latidos de su corazón y ver el brillo de determinación de los ojos grises.

–Estás guapísima –le dijo Remi al oído.

Parecía sincero, pero Maddie no pudo evitar preguntarse si era a otra mujer a quien hubiera querido decir esas palabras.

¿Aquella iba a ser su vida, siempre buscando señales de que sentía algo por ella que no fuese deber y obligación?

Cuando el sacerdote se aclaró la garganta, Maddie repitió automáticamente las palabras que había practicado durante la última semana. Se le hizo un nudo en la garganta al pensar que esas palabras eran el vínculo definitivo.

—Remirez Alexander Montegova, yo te acepto como... marido.

Una exclamación de la multitud le confirmó que ella no era la única que había estado conteniendo el aliento. Los ojos de Remi estaban clavados en ella, pero Maddie apartó la mirada, concentrándose en repetir los votos que la ataban a él de modo irrevocable.

Cuando llegó su turno, Remi repitió los votos con tono solemne y sin vacilación mientras le ponía la alianza en el dedo. Luego levantó el velo y bajó la cabeza para cumplir con la tradición de besar a la novia.

El beso era firme, apasionado, pero terminó en unos segundos. Aun así, Maddie oyó los murmullos y suspiros de los invitados.

—Bravo, lo has hecho de maravilla —le dijo Remi al oído—. Y no ha sido tan difícil, ¿verdad?

Ella no respondió porque no podía hacerlo. El peso del anillo de platino y diamantes en su dedo la mantenía muda, pero consiguió sonreír mientras Remi la llevaba del brazo por la nave central de la catedral, durante el viaje en carroza por las calles de la ciudad, el elaborado banquete y el primer baile.

Cuando volvieron a la habitación para cambiarse de ropa antes del viaje al Palacio Ámbar, en el que pasarían su luna de miel, la sonrisa se había convertido en una mueca.

Apenas había probado la comida y solo había tomado un sorbo de champán durante el banquete. Por suerte, nadie se había dado cuenta. Todos estaban demasiado emocionados por la boda del príncipe con una plebeya que tenía un padre adicto a las drogas y una madre ausente.

—¿Necesita algo, Alteza?

Maddie dio un respingo. Tendría que acostumbrarse a ser llamada así, pensó.

—No, gracias.

Un nerviosismo diferente la asaltó entonces. Y no tenía nada que ver con el inminente viaje en globo, el último evento de la ceremonia nupcial, aunque era un poco aterrador.

Cuando descubrió ese aspecto de la ceremonia se sintió emocionada, pero solo en ese momento entendió que el viaje culminaría en el palacio donde pasarían la noche de bodas.

Maddie no pudo contener un escalofrío. Remi la deseaba. ¿Lo suficiente como para pasar por alto su inexperiencia? ¿Y por cuánto tiempo?

Remi se había puesto un traje de chaqueta azul marino y una camisa blanca. Con el pelo peinado hacia atrás y recién afeitado, le pareció más guapo que nunca mientras tomaba su mano para llevarla por el jardín hasta el enorme globo con el escudo de la casa real de Montegova.

Sujetando delicadamente el bajo del vestido dorado que había elegido para esa noche, Maddie se despidió de los invitados antes de dirigirse a la cesta. Remi la ayudó a subir y le hizo un gesto al piloto. En unos minutos estaban elevándose en el aire, los dos con una copa de champán en la mano.

Era algo… maravilloso. Solo una cosa podría haber

hecho que ese momento fuese más especial: que el hombre que iba a su lado fuera suyo de verdad.

Esa admisión la dejó helada, pero el frío desapareció cuando Remi la envolvió en sus brazos.

–Lo siento –murmuró él al ver su expresión.

–¿Qué es lo que sientes?

–No te he preguntado si te dan miedo las alturas. Podemos ir en coche si lo prefieres.

Maddie negó con la cabeza, mirando la alfombra de luces que titilaban a sus pies mientras el sol empezaba a ponerse.

–No me dan miedo las alturas y la vista es preciosa desde aquí –respondió, antes de tomar un sorbo de champán–. ¿Cuánto dura el viaje?

–Menos de una hora.

–Me sorprende que puedas usar este modo de transporte. Tus guardaespaldas deben de estar desquiciados.

Remi esbozó una rara sonrisa.

–No andan muy lejos –le dijo, señalando una mancha en el horizonte que parecía un helicóptero–. Ellos saben cuándo no deben molestar y en los próximos cinco días no estarán más cerca.

–¿El Palacio Ámbar tiene su propia seguridad?

–¿De verdad quieres saberlo?

–¿Por qué si no iba a preguntar?

–Tal vez solo intentas evitar hablar de lo que nos espera allí.

–¿Tiene algún sentido hablar de ello?

–No, en realidad no. Porque te haré mía antes de que termine la noche.

El profundo timbre de su voz era más embriagador que el champán, pero Maddie tomó un sorbo para calmarse.

–Espero que no estés intentando emborracharte.

–No, claro que no –se apresuró a decir ella.

–Apenas has probado la comida y solo quiero que te emborraches de mí. Solo quiero que experimentes la embriaguez de tenerme enterrado profundamente dentro de ti. No acepto ninguna otra.

Cuando inclinó la cabeza para buscar sus labios, Maddie se olvidó de todo, incluso del piloto, que estaba discretamente de espaldas.

Se dio cuenta entonces de que estaba viviendo el momento más exquisito de su vida, con el sol poniéndose mientras dejaban atrás la capital de Montegova. Se le llenaron los ojos de lágrimas cuando el cielo se iluminó con un estallido de fuegos artificiales.

–Es maravilloso.

–Sí –murmuró él, rozándole la sien con los labios.

Fueron en silencio durante el resto del viaje, hasta que las torres de color oro bruñido del Palacio Ámbar aparecieron ante sus ojos.

Era más pequeño que el palacio de Playagova, aunque igualmente fabuloso. Pero, cuando la cesta tocó el suelo, frente a un elaborado laberinto iluminado por velas, Maddie solo podía pensar en una cosa.

No había marcha atrás. Aquella iba a ser su noche de bodas y, si eso era todo lo que podía esperar, lo aceptaría. La experiencia sería un tesoro para ella. Le entregaría su virginidad a su marido y no lo lamentaría.

Capítulo 9

REMI intentó ajustar el paso al de su flamante esposa mientras iban hacia su palacio favorito. Podía apresurarse y terminar con aquello de una vez para que Maddie viese que no tenía nada de lo que preocuparse. O podía alejarse de ella.

«No, imposible».

Esto último estaba fuera de toda cuestión. Aquel matrimonio debía ser consumado y él… necesitaba tenerla para no volverse loco. Pero estaba pálida, de modo que aminoró el paso mientras la llevaba de una habitación a otra.

—¿Cuándo se construyó? —le preguntó Maddie.

Remi tuvo que hacer un esfuerzo para no tomarla en brazos y subir por la escalera hasta el dormitorio principal.

—Mi bisabuela lo construyó como regalo de boda para mi bisabuelo. Fue una sorpresa.

—¿Cuánto tiempo tardaron en construirlo y cómo logró mantenerlo en secreto?

—Con muchos sobornos y unas cuantas pataletas. Pidió que pusieran la primera piedra el día después de comprometerse con él, pero tardaron dos años en casarse.

—¿Y a él le gustó la sorpresa?

—Se quedaron aquí durante seis meses.

Todo el palacio estaba decorado en diferentes tonos

de ámbar y la iluminación creaba la ilusión de estar suspendidos en un campo de oro.

—Entiendo que no quisieran marcharse. Es precioso.

Remi tomó su mano para llevársela a los labios.

—Haremos una visita completa más tarde –dijo con voz ronca–. Ahora mismo tengo algo más urgente que hacer.

Sin poder contenerse un segundo más, la tomó en brazos y sonrió, complacido, cuando ella le echó los suyos al cuello.

—¿Qué haces? –le preguntó Maddie mientras subía por la escalera–. Puedo andar sola.

—Te doy la oportunidad de contar tu propia historia algún día, una que no incluya tropezar con los escalones porque tu marido estaba demasiado impaciente.

—¿Lo estás? –preguntó ella con voz trémula.

Él se detuvo para mirarla a los ojos antes de seguir adelante. Pero esa pausa también dejó paso a una vocecita de reproche. Se había apartado de ella porque desde su llegada a Montegova había esperado que encontrase algún resquicio legal para escapar del acuerdo. Había hecho veladas amenazas, la había dejado sola cuando podía haber estado a su lado, ayudándola a acostumbrarse a su nueva situación.

Había notado su vacilación antes de pronunciar los votos y eso lo había inquietado. Si quería que aquel matrimonio funcionase, aunque fuese al nivel más básico, tenía que hacer algo más. Él negociaba difíciles acuerdos comerciales y convenios diplomáticos todos los días. ¿Por qué entonces la idea de pactar con ella lo ponía tan nervioso?

—Te deseo, Maddie –le dijo–. Más ahora que hace media hora o el día que nos conocimos. ¿Quieres que te lo demuestre?

Ella asintió con la cabeza. Era un gesto vacilante, pero despertó un fuego en sus venas y dio urgencia a sus pasos.

En unos minutos estaban en la habitación, con la puerta firmemente cerrada. Sin dejarla en el suelo, bajó la cabeza y se apoderó de sus labios. Su gemido lo encendió aún más y, cuando rozó su boca tímidamente con la lengua, Remi estuvo a punto de perder pie.

La dejó en el suelo y hundió los dedos en su pelo, incapaz de esperar un segundo más para saborear a su esposa.

«Su esposa».

Por primera vez desde la tragedia, la idea de que su esposa no fuera Celeste sino otra mujer no le produjo un opresivo dolor.

Tal vez porque ya estaba hecho. Tal vez porque su deseo por Maddie empañaba el sentimiento de culpabilidad. Fuera lo que fuera, pensaba aprovecharlo, aunque solo fuese esa noche.

Lamió sus aterciopelados labios y deslizó la lengua en su boca, tragándose sus gemidos. Repitió la acción un par de veces antes de morder su lengua con los dientes, notando que se estremecía.

—¿Te gusta, *piccola*? —susurró.

—Sí…

Remi la besó hasta que los dos estaban jadeando. Hasta que la presión de su entrepierna exigía ser liberada.

Suavemente, la empujó hacia la cama. Luego, poniéndose de rodillas, le quitó los zapatos mientras Maddie lo miraba con cara de sorpresa.

—¿Qué pasa?

—Tú… de rodillas ante mí, me parece tan raro…

Él pasó los dedos por un delicado tobillo.

–¿Y eso es malo o bueno?

–¿Estaría mal decir que es bueno?

Remi levantó su pie derecho y besó suavemente el empeine.

–Nada de lo que pase esta noche puede ser malo –respondió, deslizando los dedos por sus piernas sin dejar de mirarla a los ojos.

–¿Por qué me miras así? –preguntó Maddie en un susurro.

–Vas a ser mía y quiero saber lo que te gusta.

–¿Sería malo decir que todo?

Remi apretó su rodilla, sintiendo la compulsiva necesidad de reclamarlo todo. Pero… ¿tenía derecho a todo cuando él no podía corresponder? ¿Y por qué sentía el repentino deseo de poder hacerlo?

Intentando librarse de esos pensamientos, deslizó las manos por sus muslos hasta que encontró el borde de las bragas.

–Te daré tanto como puedas tomar. Levántate y date la vuelta, *piccola*.

Ella obedeció y, de rodillas, Remi levantó la mano y tiró de la cremallera del vestido, dejando su delicada espalda al descubierto. Besó su espina dorsal mientras se libraba de la prenda y luego, enganchando los dedos en las bragas de satén, tiró de ellas deslizándolas por sus piernas.

Se le hacía la boca agua al ver sus desnudas caderas, al notar el aroma de su sexo. Sin decir nada, le dio la vuelta y besó su vientre y sus pechos mientras acariciaba su húmedo sexo con los dedos.

–Remi… –gimió ella, temblando cuando rozó sus pezones con los dientes.

El clamor se volvió salvaje, irresistible, cuando él apartó la sábana.

–Túmbate y abre las piernas para mí. Quiero saborear tu inocencia por última vez antes de hacerte mía.

Maddie apenas podía respirar mientras obedecía, en silencio. Remi se permitió mirar el magnífico paisaje de su cuerpo, el lugar secreto que había entre sus muslos y que pensaba hacer definitivamente suyo esa noche.

«¿Definitivamente suyo?».

La vocecita de censura lo perseguía mientras le separaba los muslos y le besaba las rodillas. Y seguía en su cabeza mientras le daba el beso definitivo, viendo cómo arqueaba la espalda, buscando con los dedos algo a lo que agarrarse. Y seguía ahí cuando acarició su clítoris con la lengua, viendo cómo todo su cuerpo se ponía tenso antes de que el orgasmo la estremeciese.

La satisfacción se mezclaba con un deseo abrumador. Era algo que Remi no había experimentado nunca y, cuando se incorporó para quitarse la ropa, apenas tuvo tiempo de ponerse un preservativo.

–Remi…

Algo se encogió en su pecho al escuchar su voz, tan dulce y, deseando escapar de esa incómoda sensación, capturó su boca de nuevo. La acarició de la nuca a las caderas, con unas manos que no eran del todo firmes. El salvaje deseo de poseerla lo hostigaba. Sin duda era la novedad de su inocencia, pensó, y se libraría de tan absurda sensación una vez que la hubiera hecho suya.

Con ese pensamiento, que sonaba a desesperación, se colocó entre sus piernas. Ella abrió los ojos, esos preciosos ojos verdes, para mirarlo.

–¿Lista para ser mía, Madeleine?

–Sí –consiguió decir Maddie, con una voz que no reconocía.

Remi inclinó la cabeza para besarla.

–Relájate, *ma petite* –susurró, empujando suavemente, sintiendo su exquisito calor.

La punzada de dolor al recibir la invasión hizo que Maddie le clavase las uñas en los hombros sin darse cuenta.

–Cálmate, Madeleine. Lo peor ya ha pasado.

Ella sacudió la cabeza de un lado a otro, intentando respirar, intentando moverse.

–No puedo…

–Sí puedes y lo harás. Eres mía –susurró Remi sobre sus labios mientras entraba en ella una vez más.

Maddie gimió, pero en esa ocasión no era de dolor. La sensación era tan diferente… Sus embestidas le hacían experimentar un gozo que no había conocido nunca. Había pensado que esa noche, en Londres, le había abierto los ojos al placer. Y unos minutos antes, cuando la besó entre las piernas, pensó que había llegado al pináculo del placer, pero aquello…

Las poderosas, profundas e incansables embestidas hicieron que se olvidase de todo salvo del placer. Su invasión, sus besos… era algo mágico. Ella se lo había pedido todo y él se lo había dado, provocándole un éxtasis desconocido.

–Dios mío…

–*Oui… si…*

La mezcla de idiomas, la voz ronca del príncipe heredero, su marido, sonaba más sexy que nunca.

–Remi –musitó mientras él sujetaba sus caderas para hundirse profundamente.

–*Dio mio, così squisito, dea…*

–Traduce, por favor. Quiero… saber…

–Eres exquisita, una diosa –le dijo él al oído–. Te enseñaré a hablar mi idioma para que me entiendas.

–Sí, sí.

Maddie también quería eso. Lo quería todo. Y más.

Cielo santo, estaba enamorada de él.

No, no podía ser.

Abrió los ojos, aunque no recordaba haberlos cerrado, y encontró la fiera mirada de Remi clavada en ella, más intensa que nunca.

Estaba tan perdida en el intenso placer que el dique volvió a romperse, de forma más espectacular en esa ocasión. Gritó de puro éxtasis, clavando los dedos en su espalda, rogándole en silencio que no parase nunca.

Remi siguió moviéndose, manteniendo el ritmo hasta que, por fin, dejó escapar un gemido gutural mientras su cuerpo se convulsionaba.

Durante mucho tiempo el único sonido en la habitación fueron sus respiraciones jadeantes, pero cuando Remi se levantó de la cama ella no pudo evitar un gemido de frustración.

Estaba maravillada por lo que acababa de pasar. ¿Sería así siempre?

Seguía perdida en un mar de gozo cuando él volvió del baño y la tomó en brazos.

–¿Qué haces? ¿Dónde me llevas?

El ruido de un grifo y el olor a sales de baño respondió a su pregunta.

–Un baño te sentará bien –dijo Remi, antes de meterla con cuidado en la bañera.

Había pensado que lo que acababan de hacer en el dormitorio era increíblemente íntimo, pero compartir el baño era una intimidad que se envolvió en su corazón como le gustaría que la envolviese entre sus brazos.

Cuando lo hizo, un momento después, todas las barreras que había intentado levantar alrededor de su corazón se derrumbaron. Quería aquello. Lo quería a él. Para siempre.

Pero ese anhelo la asustaba tanto que se puso tensa.

–¿Ocurre algo? ¿Te duele?

Maddie levantó las rodillas hasta el pecho, y sacudió la cabeza.

–No, estoy bien.

–No es verdad –dijo Remi, empujando suavemente su cabeza para apoyarla sobre su hombro–. No pasa nada por estar un poco abrumada.

Maddie quería reírse, pero temía que la risa se convirtiese en un sollozo. No estaba bien, al contrario. Estaba desesperadamente enamorada de un hombre que nunca la correspondería. Tal vez en ese momento ya había empezado la cuenta atrás.

El corazón que había volado unos minutos antes en su nueva cama matrimonial se hundió de repente y la desesperación llenó el espacio vacío. Temiendo delatarse, Maddie apoyó la cabeza en su hombro mientras él pasaba una esponja por su piel.

Le hubiera gustado preguntar si había hecho lo mismo con Celeste. Por suerte, no lo dijo en voz alta, pero sus caricias no consiguieron deshacer el nudo de tensión que tenía en el estómago.

Tal vez era el agua caliente, o sus expertas manos, o la aceptación de que había llegado a un punto sin retorno, pero Maddie empezó a relajarse. El sólido cuerpo de Remi parecía envolverla y cuando pasó la esponja por sus pechos notó que contenía el aliento.

Se miraron el uno al otro durante un minuto interminable y luego, incapaz de contenerse, levantó una mano para tocar su cara, con el deseo empujándola a explorar. Pasó el pulgar por sus labios, por su mandíbula, sobre el puente de la patricia nariz. Era perfecto y saber que nunca sería suyo le encogía el corazón.

«Pero está aquí ahora. Por el momento, es tuyo».

Sintió el roce de su miembro viril y deslizó una mano por su ancho torso, por los abdominales marcados. Allí vaciló, ruborizándose al pensar en tocarlo íntimamente.

—Tócame, *dea* —la animó él.

«Diosa». Eso había dicho que significaba esa palabra.

Era peligroso dejarse afectar por un término cariñoso, pero ya era demasiado tarde. La palabra entró en su corazón, uniéndose a los demás gestos de ternura y deseo que había recibido de él. Como un avaro guardando preciosas gemas, Maddie reunía cada pedacito para esconderlo en su corazón. Los necesitaría algún día, tal vez pronto, cuando Remi le diese la espalda.

Deslizó las manos por el poderoso cuerpo masculino hasta llegar a la entrepierna y, armándose de valor, tocó el grueso y duro miembro. Se asustó un poco, pero el brillo de sus ojos la animó a seguir. Envalentonada, lo agarró con firmeza, acariciándolo hasta que lo oyó contener el aliento.

—Para, *dea* —dijo con voz ronca.

—Por favor… —susurró ella.

La respuesta de Remi fue hundir los dedos en su pelo e inclinar la cabeza para apoderarse de sus labios. El tiempo dejó de importar mientras la besaba con una pasión que los dejó jadeando.

Maddie se agarró a sus hombros cuando el acerado miembro rozó sus pliegues. Como antes, el primer roce fue una exploración suave, insistente y maravillosa. Remi no dejaba de mirarla a los ojos, absorbiendo su reacción mientras la penetraba lentamente.

Y, en esa ocasión, el placer fue abrumador.

Sus ojos se llenaron de lágrimas de gozo y, cuando, instintivamente, entendió la ventaja de la postura, empezó a moverse. El masculino gruñido la hizo sentirse poderosa. Podría ser breve, pero la animó a empujar hacia delante mientras deslizaba los dedos por su pelo y buscaba sus labios para disfrutar de los adictivos besos que solo él podía darle.

Remi atormentaba sus pezones con los dedos mientras la poseía. Unos minutos después, cayeron por el precipicio y el torrente de placer parecía interminable. Remi dejó escapar un grito ronco y Maddie apoyó la cara en su pecho, atreviéndose a pensar que tal vez estaban empezando a crear algo. Tal vez, con el tiempo, aquello se convertiría en algo más. Porque también él tenía que sentirse afectado por aquella intimidad. No podía hacerlo sin entregarle una parte de sí mismo.

Descubriría algún modo de hacerlo feliz, se dijo. Con la esperanza de que algún día la viese de verdad, incluso que la amase.

Una vocecita triste se reía de ella, llamándola tonta e ingenua por intentar competir con un fantasma. Pero tenía que haber una forma de demostrarle que, aunque ella nunca reemplazaría a la mujer que había perdido, podía haber algo entre ellos. Algo diferente.

Estaba tan ensimismada en esos pensamientos que no se dio cuenta de que él se había puesto tenso hasta que lo oyó maldecir en voz baja.

–¿Remi?

Él se levantó para salir de la bañera, su ceño fruncido era la prueba de que ocurría algo.

Maddie tardó tres segundos en entender lo que pasaba.

–Dios mío…

–Sí –murmuró él, sin mirarla.

Incapaz de soportar la expresión de horror que veía en su rostro, Maddie se abrazó las rodillas.

No habían usado preservativo. Se habían dejado llevar y habían olvidado algo crucial.

–Remi…

–No –la interrumpió él, pasándose la mano por el pelo.

–¿Qué significa eso?

Él tomó una toalla y se la envolvió en la cintura.

–¿Cómo he podido hacerlo? ¿Cómo he podido ser tan irresponsable?

–Hemos sido los dos –dijo Maddie.

–No me refiero a ti. Fui irresponsable con *ella*. Me prometí a mí mismo que nunca volvería a hacerlo y…

Maddie dio un respingo.

–¿Te refieres a Celeste? –exclamó–. Es nuestra noche de bodas, Remi. Puede que no signifique nada para ti, pero significa algo para mí. ¿Cómo puedes hablar de ella en este momento?

–¿Qué? –murmuró él, mirándola como si hablase en otro idioma.

Una risa amarga escapó de su garganta.

–Qué tonta soy. Así es como va a ser nuestro matrimonio, ¿verdad?

–¿De qué estás hablando?

–No finjas que no me entiendes. ¿Cómo puedes no entenderlo cuando todas tus decisiones dependen de ella, cuando no dejas de pensar en ella?

–Madeleine…

–No –lo interrumpió Maddie. Con una fuerza que no creía poseer, se levantó sin dejar de mirarlo a los ojos–. ¿Cómo crees que me siento cuando lo primero que haces es pensar en ella?

Remi echó la cabeza hacia atrás como si lo hubiese

abofeteado. Y, por un momento, Maddie casi deseó haberlo hecho.

–Cálmate…

–¿Por qué voy a calmarme? Tú me has apartado.

–Si he herido tus sentimientos…

–¿Si los has herido? Mírame, Remi. ¿Me ves delante de ti? –le preguntó Maddie con tono angustiado.

–Por supuesto que sí, no seas absurda.

–¿Estoy siendo absurda? Tal vez vas a decir que soy melodramática por tener sentimientos, por querer tener algo que decir en mi matrimonio.

–Protegerte es mi prerrogativa –replicó él–. Mi prioridad.

Como lo había sido con Celeste. No necesitaba decirlo en voz alta.

–¿Podemos hablar de esto como dos personas racionales, por favor?

Remi asintió con la cabeza.

Maddie estaba a punto de hablar, pero entonces se dio cuenta de que estaba completamente desnuda. También él se dio cuenta porque apartó la mirada para ofrecerle un albornoz.

Iba a salir de la bañera, pero un repentino mareo la dejó sin fuerzas. Se le doblaron las rodillas y lo veía todo borroso…

Mascullando una palabrota, Remi se lanzó hacia ella y la tomó entre sus brazos.

–*Dio mio*… ¿estás bien?

El mareo se disipó en un segundo.

–Suéltame, estoy bien. Me he levantado demasiado rápido.

–No, no estás bien –Remi la tomó en brazos para entrar en el dormitorio y dejarla sobre la cama–. Hablaremos cuando hayas comido algo y estés descansada.

–Quiero hablar ahora.

Su mirada imperiosa le recordó que, aunque aún no había sido coronado, Remi era un rey.

–Sobre algunas cosas puedes tener algo que decir, Maddie. Pero el tema de tu salud y tu bienestar, especialmente cuando tú los descuidas, no es una de ellas. Apenas has comido en todo el día…

–No tenía hambre.

–Si quieres mantener una discusión racional, entonces harás lo que te digo.

Maddie se cubrió con la sábana, pero levantando la barbilla en un gesto de desafío.

–¿Me estás llamando irracional?

–No, estoy diciendo que hablaremos cuando estemos menos alterados.

Después de decir eso, entró en el vestidor y salió unos minutos después con unos tejanos oscuros y un polo de manga corta, un atuendo informal que destacaba su atractivo.

Maddie contuvo el aliento cuando se acercó a la cama, pero Remi se limitó a llamar por teléfono y dar unas instrucciones antes de colgar.

–Van a traerte algo de cena –anunció.

–¿Te marchas? –le preguntó. Aunque inmediatamente deseó no haberlo hecho.

–Es mejor que me vaya ahora –murmuró.

–¿Porque no puedes soportar estar a mi lado?

–Porque sé que no llegaremos a la cena sin que tú me digas lo que piensas.

Era cierto. Quería discutirlo en ese momento, inmediatamente, mientras que él prefería una diplomática retirada.

–No puedo detenerte, ¿verdad?

–No, no puedes. Descansa, Maddie. Nos veremos en un par de horas.

«Es nuestra noche de bodas», quería gritar ella. Pero se tragó esas palabras. No hacía falta que se lo recordase. Lo sabía perfectamente.

Lo vio salir de la habitación y se sintió como si hubiera apagado la luz, dejándola en la oscuridad.

Habían hecho el amor sin protección y lo primero que él hacía era mencionar a su difunta prometida. ¿Podía haber quedado más claro que aquel matrimonio estaba condenado al fracaso?

Suspirando, se dejó caer sobre las almohadas. No debería haber aceptado casarse con él. Nunca debería haber hecho un pacto con el diablo.

¿Pero entonces dónde estaría su padre?

Aceptar aquel matrimonio o dejar morir a su padre. Había sido una decisión imposible.

Seguía desesperada cuando alguien llamó a la puerta. Una mujer de mediana edad, que se presentó como el ama de llaves, entró en la habitación y le hizo un gesto a una joven doncella que empujaba un carrito.

Cuando dejaron una bandeja con comida sobre sus piernas, Maddie pensó que debería haberse puesto el albornoz, pero daba igual. Al menos los rumores del palacio no incluirían especulaciones sobre si el matrimonio había sido consumado, pensó, ruborizándose cuando el ama de llaves tomó su vestido del suelo para dejarlo sobre el sofá.

Remi debía de haberle pedido que se cerciorase de que comiera, porque la mujer encontró una excusa para quedarse hasta que se terminó casi todo el plato. Solo entonces salió de la habitación haciendo una ligera reverencia.

Mil pensamientos daban vueltas en su cabeza, pero

uno en concreto sobresalía de entre todos. Las consecuencias de sus actos iban más allá de Celeste y de un matrimonio que parecía condenado antes de empezar.

Su noche de bodas podía haber dado como resultado un futuro heredero al trono de Montegova. Y una cosa estaba clara: su marido no podía estar menos entusiasmado con esa posibilidad.

Remi paseaba por su estudio, a oscuras, dejando que la negrura incrementase la magnitud y la angustia de lo que había pasado. Se merecía aquello.

Su despreocupación era imperdonable. ¿Cómo podía haber olvidado algo tan importante a la primera oportunidad?

No había planeado hacerle el amor por segunda vez, pero la verdad era que había perdido la cabeza.

Su belleza, sus gemidos, esa tentativa pero firme determinación de explorar su recién descubierta sexualidad… había sido una potente combinación que lo había excitado más de lo que hubiera creído posible.

Había perdido la cabeza de una forma espectacular. Y ahora tenía que enfrentarse con las posibles consecuencias.

Maddie no tomaba anticonceptivos. Había leído su informe médico y sabía que pensaba empezar a tomarlos después de la boda. ¿Cómo podía haber fallado de ese modo? Había caído ante la primera valla, como había fracasado al no decirle que no había pensado en Celeste más que un par de veces desde que volvieron a Montegova. Que estaba consumido pensando en ella y buscando formas de hacer que respetase el acuerdo.

¿Porque admitirlo habría sido demasiado revelador?

¿Lo que había pasado habría sido un lapsus de su

subconsciente para asegurarse de que Maddie permane-
cía a su lado? ¿Incluso después de haber jurado no volver a ser despreocupado con la salud de una mujer?

Su esposa podría estar esperando un hijo, un heredero al trono de Montegova.

«Su hijo».

El deseo y la esperanza se mezclaban con la angustia. No, no podía querer aquello cuando el precio podría ser tan alto.

Se pasó una mano por el pelo, intentando recordar el
rostro de Celeste. Pero solo veía a Maddie, su expresión de angustia mientras lo acusaba.

Aquello no podía volver a pasar. Si había consecuencias, haría todo lo posible para que Maddie estuviese a salvo. Si no era así, si el destino le daba una
segunda oportunidad, entonces haría lo que debía hacer. Lo único que podía hacer.

Estaba obsesionado con Maddie. Si no podía pensar
con claridad estando con ella, entonces sus opciones
eran muy limitadas.

Se dejó caer pesadamente en el sillón, sin saber qué
prefería. Las dos posibilidades eran como prensas en su
pecho, unos pesos que lo asfixiaban. Pero no tenía alternativa, marcharse era la opción más segura.

Pasándose las manos por la cara, intentó prolongar
el momento todo lo posible.

Y después levantó el teléfono.

Capítulo 10

EL SOL empezaba a colarse a través de las pesadas cortinas cuando Maddie abrió los ojos. La ansiedad tras su discusión con Remi y el largo día de boda por fin le habían pasado factura y se había quedado dormida después de medianoche.

Cuando se incorporó en la cama, con el corazón encogido, sus sospechas se vieron confirmadas. Remi no había vuelto a la habitación. O, si lo había hecho, había decidido no despertarla.

Intentando calmarse, saltó de la cama y tomó el albornoz que Remi le había ofrecido, pero no se había puesto por la noche.

Suspirando, salió de la suite y encontró a una joven doncella en el pasillo. La chica, unos años más joven que ella, le hizo una reverencia.

–Alteza, debo acompañarla a su habitación para ayudarla a vestirse. El príncipe la espera en el comedor.

–Muy bien, gracias.

Maddie la siguió hasta una habitación similar a la de Remi, pero más femenina, decorada en tonos más delicados.

Después de una ducha rápida, se puso un vestido de color limón y unas estilosas sandalias y se cepilló el pelo. Un toque de colorete para disimular su palidez y un poco de brillo en los labios y estaba lista.

Remi estaba sentado a la cabecera de una mesa de cerezo pulido, su nuevo atuendo era la prueba de que había dormido en algún otro sitio.

Y la rígida expresión con que la saludó, la prueba del abismo que había entre ellos.

–Buenos días, Maddie. ¿Has dormido bien?

–He dormido. Dejémoslo así.

Maddie no quiso forzar una conversación y se limitó a tomar una tostada con huevos revueltos y una taza de té.

Pero en cuanto dejó el tenedor sobre el plato, Remi se levantó.

–Hablaremos en mi estudio –le dijo.

Con el corazón pesado, Maddie lo siguió hasta una habitación con estanterías llenas de libros, algunos de aspecto antiquísimo. Pero no estaba allí para admirar los libros, sino para discutir, tal vez incluso luchar, por su matrimonio.

–Lo que pasó anoche no puede volver a pasar –anunció Remi.

–Es demasiado tarde para una anulación –dijo ella, con el corazón encogido.

–No era esa mi intención. Sé que todo ha ocurrido demasiado rápido, pero ahora que estamos casados podemos relajarnos.

–¿No es para eso para lo que existen las lunas de miel?

Remi asintió con la cabeza.

–Te propongo alargarla alojándote aquí. No es nada nuevo, mi madre se alojó aquí cuando se quedó embarazada.

–¿Quieres decir quedarme aquí, sola, mientras tú vuelves a Playagova?

–Sí.

–¿Llevamos casados veinticuatro horas y ya quieres que nos separemos? Porque eso es lo que estás diciendo, ¿no?

–Madeleine…

–No intentes disimular. Hicimos el amor sin protección y ahora estás asustado.

Remi dejó escapar un largo suspiro.

–Seguiremos viéndonos. Sencillamente, no viviremos en el mismo sitio.

–¿De qué tienes miedo? –le preguntó Maddie, intentando contener una oleada de pánico.

Él permaneció en silencio durante largo rato.

–Lo que le ocurrió a Celeste fue culpa mía –le confesó después, sin emoción.

–¿Por qué?

–Tenía dolores de cabeza durante los meses previos a la boda. Los médicos recomendaron hacerle pruebas, pero ella me rogó que la llevase en un viaje de trabajo. Yo no quería hacerlo, pero Celeste me convenció, en contra del consejo de los médicos. Los dolores de cabeza empeoraron y tuvo un aneurisma en el avión, cuando volvíamos a casa. Si se hubiera quedado aquí, los médicos podrían haberla salvado.

–¿Cómo puedes culparte a ti mismo por eso? Tú no podías saber lo que iba a pasar. ¿Y querría Celeste que vivieras en ese infierno interminable porque murió?

–¿Para qué pasar un infierno si no aprendes de él? –repuso Remi.

–Aprender es una cosa, encerrarte en ti mismo para no volver a sentir nada, otra muy diferente.

–Estoy intentando protegerte –replicó él, con voz ronca.

Maddie no estaba dispuesta a ceder. ¿Por qué sopor-

tar un matrimonio platónico cuando ahora sabía que
podrían ser felices si Remi le abría su corazón?

–No puedes controlar el futuro. Nadie puede hacerlo. Crees que estás protegiéndome, pero lo que haces es aislarte y aislarme a mí. Y yo no quiero eso.

–¿Qué quieres decir?

–Que no puedes mantenerme en una jaula, por mucho que creas que está justificado.

–Ahora eres una princesa. En unas semanas serás la
reina. Te guste o no, ese nuevo puesto significa que en
cierto sentido estarás limitada. No podrás hacer lo que
quieras, ni dejarte llevar por sueños imposibles.

–Pero tampoco tengo que vivir encerrada en tu Palacio Ámbar, sola.

–Esto no es un juego, Maddie. Podrías estar embarazada.

–Aunque lo esté, un embarazo no es una sentencia.
No tengo por qué estar encerrada.

–Pero tiene riesgos.

–Caminar por la calle tiene riesgos. Yo lo sé de primera mano, pero sigo aquí. Sigo viva. ¿Y si no estuviera embarazada?

Remi apretó los labios.

–Como he demostrado que no tengo control cuando
estoy contigo, es mejor que no…

–¡No te atrevas a decirlo! –lo interrumpió ella.

–He tomado una decisión –anunció Remi–. Ahora
que hemos cumplido con nuestro deber, no habrá más
intimidad entre nosotros.

Y así, de repente, Maddie escuchó el ruido de las
puertas de la mazmorra, condenando a su matrimonio a
una muerte lenta.

–Muy bien. Como no necesitas mi permiso para
marcharte, si no te veo por aquí pensaré que te has ido.

–Madeleine…

–Si no tienes nada más que decirme, creo que voy a explorar mi nueva residencia. Me imagino que tendré que pedirle a otra persona que me enseñe el palacio.

Remi apartó la mirada.

–Yo tengo trabajo que hacer.

–Entonces no te robaré ni un segundo más.

–Tu médico se pondrá en contacto contigo. Tenemos que saberlo… de una forma o de otra.

Después de decir eso, Remi dio media vuelta para salir de la biblioteca y Maddie se dejó caer en un sofá, angustiada. Cuando unos minutos después oyó las aspas del helicóptero un sollozo escapó de su garganta.

Maddie no vio a Remi durante tres largas semanas. Aunque lo oía volver al palacio cada noche en su helicóptero, desaparecía por la mañana.

Por supuesto, pensó con amargura. Tenía que mantener las apariencias.

Después de explorar cada centímetro del Palacio Ámbar, pasó horas en el laberinto y visitó los establos, en los que había fabulosos purasangre. Por el momento, sin saber si estaba embarazada, solo podía admirarlos de lejos mientras eran atendidos por los mozos de cuadras.

Sin poder evitarlo, buscaba fotografías de Remi en las redes sociales. La fiebre de la boda había remitido y la gente empezaba a pensar en la ceremonia de coronación. Y, al parecer, él estaba inmerso en los preparativos.

Los periodistas, animados por sus enigmáticas respuestas cuando le preguntaban por su esposa, habían empezado a especular sobre un posible embarazo. Por

lo tanto, no le sorprendió cuando un día llegó al palacio
con su médico.

Maddie estaba en la terraza cuando el helicóptero
aterrizó y, sin poder evitarlo, buscó alguna señal de que
la había echado de menos. Incluso se engañó a sí misma
pensando que había visto un brillo de deseo en sus ojos.

–Madeleine –murmuró mientras rozaba su mejilla
con los labios.

–Deberías haberme advertido que vendrías con mi
médico. Te habría dicho que no te molestases.

–¿Por qué?

Maddie miró al hombre, que se había quedado a una
discreta distancia.

–No voy a hacerme la prueba. Lo sabremos en una
semana o dos de todas formas.

–Madeleine…

–Ya me tratan como si fuera de cristal y prefiero
esperar un poco antes de que me envuelvan entre algo-
dones –lo interrumpió ella–. Dile al médico que se vaya
o lo haré yo. Ya he hecho las maletas, Remi. Vuelvo a
Playagova con o sin tu aprobación. Creo que todo el
mundo se habrá dado cuenta de que la luna de miel ha
terminado.

Él la miró como si tuviera dos cabezas, pero Maddie
permaneció firme.

–Muy bien, de acuerdo –dijo Remi por fin.

El médico fue despachado en un coche oficial y
ellos subieron al helicóptero poco después. Pero, durante el viaje, Remi mantuvo una conversación telefó-
nica particularmente tensa.

–Sea lo que sea, tienes que solucionarlo –dijo antes
de cortar la comunicación.

–¿Algún problema?

–Espero que lo solucione. Tengo demasiados asuntos pendientes ahora mismo como para preocuparme de los problemas de Zak.

—Por lo poco que he visto de Zak, yo diría que es capaz de solucionar sus problemas sin ayuda de nadie.

Remi la miró con un brillo extraño en los ojos, pero desapareció en un segundo.

—Nos han invitado a la residencia de mi madrina mañana por la noche. Ha organizado una cena para celebrar mi coronación.

—Muy bien.

Hicieron el resto del viaje en silencio y se sentía como entumecida mientras entraban en el palacio. Tanto que tuvo que hacer un esfuerzo para sonreír cuando un niño le entregó un ramo de flores.

Mientras Remi se detenía en la puerta para hablar con sus ayudantes, la reina Isadora se acercó para saludarla.

—Bienvenida a casa, *ma petite*. Llegas a tiempo para desearme buen viaje.

—¿Se marcha?

La reina asintió enfáticamente, con un brillo alegre en los ojos.

—La primera parada será Nueva Zelanda. Siempre he querido visitar Hobbiton.

—Le deseo que tenga un buen viaje —dijo Maddie.

—Gracias —murmuró Isadora, mirando a su hijo de soslayo—. Puede que la situación parezca un poco sombría al principio, pero he descubierto que la perseverancia siempre tiene recompensa.

—Lo tendré en cuenta.

La reina se alejó con paso alegre y Maddie hundió la cara en el ramo de crisantemos y peonías, pensando en lo que acababa de decirle. Cuando la levantó, se encontró con los ojos de Remi clavados en ella.

La miraba con fiera intensidad, como si quisiera decirle algo, pero un segundo después le dio la espalda.

Maddie seguía sintiéndose como entumecida al día siguiente, cuando el coche oficial atravesó las verjas de hierro de una fabulosa mansión. Apenas habían salido del vehículo cuando una mujer delgada y elegante, a la que Maddie solo había visto en las páginas de las revistas, corrió hacia ellos.

—¿Tu madrina es Margot Barringhall, la condesa inglesa?

—Es la mejor amiga de mi madre —respondió Remi con tono resignado.

—No parece que te haga mucha ilusión estar aquí.

—Le tengo cariño, pero a Margot le encantan los juegos.

—¿Qué tipo de juegos?

—Ya lo verás —dijo él con tono críptico.

—¡Remi, querido, qué alegría verte! —exclamó Margot.

—Mi madre no me habría perdonado si no hubiese encontrado tiempo para ti antes de la coronación.

La alegre expresión de Margot se volvió seria cuando miró a Maddie.

—Ah, aquí está la novia. Perdona por haberme ido después de la ceremonia, pero tenía un compromiso urgente. Aunque todo fue tan precipitado… En fin, bienvenida a la familia. ¿Puedo llamarte Madeleine?

Remi era el único que usaba su nombre completo y, por alguna razón, no quería que nadie más tuviese ese privilegio.

—Todo el mundo me llama Maddie.

—Espero que empieces a acostumbrarte a tu nuevo papel. Debe de ser abrumador.

—Yo también lo espero, pero gracias por su interés —replicó Maddie.

Margot no estaba hablando de ser miembro de la realeza, sino de su sitio en la vida de Remi, estaba segura.

Satisfecha al ver que su pulla había hecho efecto, Margot se volvió hacia Remi.

—Ven, todos están esperando.

Tomó a su ahijado del brazo y, por un momento, Maddie pensó que la dejarían atrás, pero Remi tomó su mano y la apretó en un gesto de afecto que la dejó sorprendida.

No tenía demasiado interés por las celebridades que se habían reunido en la hermosa mansión, pero se le encogió el estómago cuando Margot los llevó hacia un trío de mujeres que tenían un gran parecido físico con la hermosa condesa.

—¿Te acuerdas de Charlotte? Ha vuelto de Sídney hace poco para aceptar un puesto en la ONU. Estoy intentando convencerla de que dos años fuera de casa son más que suficientes. ¿Quién sabe? Podría aceptar un puesto en Montegova.

Madre e hija se miraron con un gesto muy revelador.

—Bienvenida a casa —dijo Remi, sin mucha emoción—. Seguro que mis ayudantes podrían facilitarte las reuniones apropiadas.

Charlotte pareció decepcionada, pero intentó disimular mientras Remi se dirigía a las otras dos mujeres, unas gemelas que fueron presentadas como Sage y Violet.

—Violet acaba de regresar de Nueva York, donde ha hecho las prácticas con tu hermano —dijo Margot—. Llevo algún tiempo intentando localizar a Zak para que me dé la carta de recomendación que me prometió, pero ha sido imposible.

–¿Has intentado localizar a Zak? Te dije que no lo hicieras, te dije que yo me encargaría de ello, madre –la regañó Violet.

–Esa carta es importante. Estuviste bajo su tutela durante seis meses y es hora de dar el siguiente paso en tu carrera. Ah, creo que la cena ya está lista. ¿Vamos?

Margot tomó a Remi del brazo, dejando a Maddie atrás. Margot Barringhall no podía dejar más claro que la consideraba una advenediza. O que, en su opinión, una de sus hijas debería haberse convertido en la princesa de Montegova.

Durante la cena, hizo un esfuerzo por mantener la compostura mientras Margot intentaba excluirla de cualquier conversación. Por su parte, Remi era el paradigma de la diplomacia, dejando que su madrina se saliera con la suya.

Cuando la cena terminó y se levantó de la silla, Maddie experimentó una oleada de náuseas.

–Necesito ir al lavabo. Perdona –murmuró, notando que todas las miradas se clavaban en ella mientras salía del salón.

Inclinada sobre el inodoro, sabía que no era solo el estado de su matrimonio lo que había perturbado su estómago. Podría estar embarazada, y el instinto le decía que así era.

Creía saber dónde se había metido al casarse con Remi, pero su frialdad, el cruel rechazo de Margot y la oleada de pánico al pensar que podría llevar en su seno al siguiente heredero al trono de Montegova la llenaban de angustia.

Estaba a punto de salir del servicio cuando unas voces la detuvieron.

–No sé de dónde la ha sacado, pero es una desgracia

para el trono, Margot. La historia de su padre es indecorosa. ¿Quién sabe lo que habrá heredado ella?

Margot se rio.

—Mi ahijado siempre ha sido un hombre muy astuto y tarde o temprano se dará cuenta de su infortunado error. Por suerte, el divorcio es algo habitual en nuestros días, incluso en las casas reales.

Maddie se mordió el puño para disimular un gemido.

—¿Estás segura?

—Absolutamente. Se ha casado con ella para asegurar el trono. Si no está soltero otra vez a finales de año, te invitaré a comer en el Claridge's. Pero, si tengo razón, tú me invitarás a cenar para celebrar el sitio que le corresponde a Charlotte como reina de Montegova.

Las dos mujeres siguieron charlando de otras cosas durante unos minutos y después salieron del lavabo, dejando a Maddie con el corazón hecho pedazos.

No podía volver al salón. No estaba preparada para soportar más desprecios ni para mirar a Remi preguntándose si Margot estaba en lo cierto.

Se dirigió a una terraza que daba al impecable jardín y apoyó los codos en la balaustrada de piedra, intentando calmarse. Pero la calma se evaporó cuando notó que se le erizaba el vello de la nuca.

«Remi», pensó. Pero no quería enfrentarse con su marido, el hombre que pronto sería el padre de su hijo. Y tampoco quería enfrentarse con el innegable hecho de que, a pesar de la turbulenta relación, sus sentimientos por él eran cada día más profundos.

—¿Estás evitándome, Maddie? —le preguntó con voz ronca.

—Necesitaba un respiro de tanta coba. Deberías haberme advertido que iba a pasar la noche recibiendo insultos.

–¿Quién te ha insultado?

–Por favor… –murmuró ella, sacudiendo la cabeza–. Pero gracias por la lección. La próxima vez estaré preparada.

–Date la vuelta, Maddie. Ten la cortesía de mirarme cuando hablas conmigo.

–Charlotte estaba en la lista, ¿verdad? Debe de estar de las primeras porque Margot se niega a reconocer que tú y yo estamos casados. ¿O todo el mundo sabe que esto es una farsa?

–Baja la voz –le advirtió él.

–¿Eso es todo lo que tienes que decirme?

–No, tengo mucho más que decir, pero este no es ni el sitio ni el momento.

–¿Alguna vez será el momento? –le preguntó ella con voz trémula.

Remi dio un paso adelante, empujándola suavemente contra la balaustrada y, por un momento, se miraron a los ojos. Tenía la misma expresión que el día anterior, mientras hablaba con la reina, como si quisiera decirle algo.

Él le pasó un brazo por la cintura y, como por voluntad propia, sus manos se apoyaron en el duro torso masculino.

Remi exploró su boca con contenida ferocidad y ella se rindió, abriendo los labios y dejando escapar un gemido al notar su evidente excitación.

Se apretó contra él, mordiendo su labio inferior, y Remi murmuró algo que no pudo entender. Estaba tan absorta en el beso, en él, que tardó un momento en darse cuenta de que había empezado a apartarse.

–Dio mio! –exclamó, soltándola.

Ella bajó las manos e intentó respirar mientras las risas de los invitados le recordaban que no estaban solos.

–¿Podemos irnos ya? –le preguntó.

–Por supuesto –respondió él.

Ninguno de los dos dijo nada mientras volvían al palacio. Esperaba que Remi se despidiera para ir a su habitación, pero entró en la suya sin decir nada y se quedó mirando el jardín por la ventana con expresión triste. Cuando se volvió hacia ella, Maddie contuvo el aliento, casi temiendo lo que iba a decir.

–Lo que ha pasado en la terraza no debería volver a pasar.

Su angustia era evidente y a Maddie se le encogió el corazón al verlo luchar contra esa reveladora emoción. Pero solo había una razón para esa angustia: el sentimiento de culpabilidad.

Se le rompió el corazón al pensar que nunca dejaría de amar a su difunta prometida.

–Solo ha sido un beso, Remi. No vas a quemarte en el infierno.

–En cualquier caso, te di mi palabra…

–No te atrevas a pedirme perdón porque crees haber deshonrado el recuerdo de tu prometida. ¿O es otra cosa? ¿Odias que te guste, que tu esposa te excite?

–Madeleine…

–Si esto no significase nada para ti no te afectaría tanto y no te dignarías a hablar conmigo sobre ello.

Los ojos grises se clavaron en ella.

–¿Crees conocerme tan bien?

–No, en realidad no te conozco. Solo sé que hicimos el amor y te encantó. Y que luego, inmediatamente, te echaste atrás. Esta noche nos hemos besado y tú has disfrutado tanto como yo, pero me odias y te odias a ti mismo porque una plebeya te resulta irresistible.

–Te odiaría si sintiese algo por ti, pero no es así. Y, en el futuro, te agradecería que no intentases psicoanalizarme.

Las lágrimas que había intentado contener durante toda la noche amenazaron con aparecer cuando la traumática verdad echó raíces en ella. No podía salvar un matrimonio que estaba condenado desde el principio. Lo mejor sería marcharse y olvidarlo.

–No tendrás que preocuparte por eso, ya no.

–¿Qué quieres decir?

–Que no acudiré al torneo de polo mañana. De hecho, no tendrás que soportar mi presencia durante mucho más tiempo.

–¿Qué estás intentando decir, Madeleine?

Ella tragó saliva, sabiendo que no podía seguir enterrando la cabeza en la arena. Estaba embarazada y necesitaba tiempo para procesar esa noticia.

–Estoy intentando decir que tus peores miedos se han hecho realidad –anunció.

Remi palideció.

–¿Cómo lo sabes?

–Aún no me he hecho la prueba, pero lo sé. Tal vez por intuición femenina. Estoy esperando un hijo, Remi. Mañana lo sabremos con certeza, pero al menos tendrás esta noche para planear cómo vas a apartarme de tu vida.

Se le quebró la voz al pronunciar esas palabras y corrió a su habitación, incapaz de soportar la agonía.

Oyó que Remi la seguía, oyó que se detenía en la puerta que comunicaba las dos habitaciones. Nunca había cruzado el umbral desde que pronunciaron los votos, pero lo hizo en esa ocasión.

–Tenemos que hablar…

–No hay nada que hablar –lo interrumpió ella, apartando la mirada de esa torre de virilidad que nunca sería suya.

Angustiada, tiró el chal y el bolso sobre el sofá y se frotó las sienes con los dedos.

—¿Qué te ocurre?

—Me duele la cabeza. Además, tengo que levantarme muy temprano para llamar a mi padre.

Sería la primera conversación desde que ingresó en la clínica de Suiza. Y, en aquel momento, su padre era su única conexión con el mundo real.

Remi pasó a su lado para entrar en el baño y volvió unos segundos después con un bote de pastillas.

—Toma —le dijo con sequedad, ofreciéndole un vaso de agua—. Son muy suaves y no afectarán a…

—El bebé, Remi. Negarse a pronunciar la palabra no hace que sea menos real.

—¿Crees que mi intención es fingir que no existe?

—No sé lo que quieres —murmuró ella, tomando las pastillas.

—¿Por qué no me has dicho que no te encontrabas bien?

—Solo es un dolor de cabeza.

—Los dolores de cabeza pueden indicar un problema más grave.

—Me duele por la tensión, pero mañana se me habrá pasado.

Él no respondió, pero su expresión dejaba claro que quería seguir discutiendo. Por fin, se dirigió a la cama y apartó el embozo. Se quedó mirando las sábanas durante largo rato, como perdido en sus pensamientos.

—Buenas noches —se despidió, antes de volver a su habitación.

Una hora después, el dolor de cabeza había desaparecido, y Maddie se sobresaltó al oír el ruido de la puerta.

Remi estaba en el umbral, aún con el esmoquin. Estaba despeinado, como si se hubiera pasado las manos por el pelo más de una vez, y sus ojos eran lagos oscuros.

—¿Qué ocurre?

—No voy a dejar que me apartes —dijo él, con voz ronca—. El destino no ha sido amable conmigo cuando he cedido el control, Madeleine. Me has dicho que voy a ser padre y, sea lo que sea lo que eso implica, tenemos que hablarlo esta noche.

Capítulo 11

R EMI se acercó a la cama con paso decidido, pero no la tocó.

—¿Cómo te encuentras?

Era un amor prohibido, pensó Maddie, completa y decididamente. En la última hora había aceptado que todo había terminado y aquella era su última oportunidad para almacenar recuerdos.

—Estoy bien. Ya no me duele la cabeza —respondió.

Él miraba su boca con una intensidad desconocida.

«El destino no ha sido amable conmigo».

«Tenemos que hablarlo esta noche».

—Tenemos que hablar —repitió Remi.

—¿De qué quieres hablar exactamente?

Él seguía mirándola con una ferocidad que la dejaba sin aliento. El instinto de supervivencia hizo que Maddie girase la cabeza para ocultar sus lágrimas, pero no podía moverse. Y tampoco podía ser tan cobarde. No sabía lo que les depararía el futuro, pero era hora de enfrentarse a ello, decidió.

Remi miraba a su mujer sin saber qué decir. Las tres últimas semanas sin ella habían sido un infierno; cada día peor que el anterior porque sentía que le faltaba algo. Había pensado decírselo al día siguiente, aclarar la situación cuando Maddie no estuviese tan enfadada. Pero sabía que el tiempo se le escapaba de las manos. ¿No había perdido ya suficiente tiempo? ¿No había sabido desde el momento en que subió al coche en Londres que Madeleine Myers era capaz de poner su mundo patas arriba?

¿Cómo iba a dormir sabiendo que podría ser demasiado tarde? ¿Cómo iba a dormir sabiendo que podía perder a la mujer que se había adueñado de su corazón y podría estar esperando un hijo suyo?

La miró de nuevo, buscando las palabras adecuadas para combatir esa mirada que no auguraba nada bueno para él. Se había apartado de ella durante semanas y no había servido de nada. ¿Y si…?

–Madeleine…

–¿Qué ocurre, Remi? ¿Qué querías decirme?

–Que me he apartado de ti durante demasiado tiempo y no volveré a cometer ese error.

–Si lo que quieres es confirmar el embarazo, puedes llamar al médico. De todos modos, ninguno de los dos podrá conciliar el sueño esta noche. Pero después de eso, todo va a cambiar.

Remi quería hablar, decir lo que sentía, pero por primera vez en su vida no era capaz de encontrar las palabras apropiadas, de modo que tomó el teléfono para llamar al médico.

Llegó en media hora. Treinta minutos interminables mientras las palabras seguían encerradas en su garganta, su destino colgando de un precipicio.

–El protocolo real dice que la prueba debe ser lo más segura posible y un análisis de sangre es infalible –dijo el médico.

–Muy bien. ¿Y cuánto tiempo…?

–Unas horas.

–¿Vas a quedarte? –le preguntó Maddie.

Remi asintió con la cabeza.

–Si tú quieres, me gustaría que lo descubriésemos juntos.

Remi vio un brillo de anhelo en sus ojos, pero desapareció, reemplazado por su habitual expresión estoica, mientras el médico se preparaba para hacerle el análisis.

Cuando terminó, Maddie se levantó de la cama. Una cosa era sufrir la distancia entre ellos desde lejos y otra muy diferente tenerlo a su lado y seguir sintiendo como si estuvieran a kilómetros de distancia.

–¿Te encuentras bien? –le preguntó Remi.

Ella le dio la espalda, dejando escapar una risa amarga.

–¿Te importa?

–Pues claro que me importa.

–Entraste en mi habitación hace una hora y aún no has dicho lo que viniste a decir. Me imagino que ya no es importante para ti.

–Es importante, Madeleine. Probablemente lo más importante que voy a decir en toda mi vida.

Ella dio media vuelta para mirarlo, llena de rabia, desesperación y anhelo.

–¿De verdad? ¿Entonces qué te detiene? ¿Temes hacerme más daño del que ya me has hecho? Sea lo que sea, dilo y termina de una vez. ¿O prefieres que sigamos portándonos como si no pasara nada? ¿Eso te ayuda a mantener el control cuando estás conmigo o lo has recuperado en estas semanas, mientras te negabas a tocarme?

Remi sacudió la cabeza.

–Estoy empezando a pensar que ha sido un error –le confesó, tomando su cara entre las manos.

A Maddie se le rompió el corazón un poco más, pero se tragó el dolor. Tenía que hacer aquello, tenía que decirlo.

–Mi padre ha salido de la unidad de aislamiento. Después de hablar con él por la mañana pienso ir a verlo en cuanto pueda. Y luego… luego volveré a casa, a Londres.

Una sombra de angustia oscureció los ojos grises.

–No puedes irte. No puedes dejarme, no te lo permitiré.

–No puedes retenerme aquí. Nuestro matrimonio no saldrá adelante mientras Celeste…

–No he pensado en Celeste desde la primera vez que te besé –la interrumpió él.

–¿Qué?

–Pareces creer que ella dicta todos mis movimientos. Acepto que perderla de ese modo me afectó mucho, pero desde el momento en que subiste a mi coche… desde que te conocí he intentado usar su recuerdo para controlar mis sentimientos por ti.

Maddie tragó saliva.

–¿Y qué sientes por mí?

Remi acarició sus mejillas, mirándola a los ojos.

–Más de lo que quería. Y admito que me daba miedo desearte tanto.

–Me diste la espalda con toda facilidad.

–¿Crees que fue fácil para mí? Dejarte fue lo más difícil que he hecho nunca. ¿Por qué crees que volvía cada noche?

–¿Porque querías mantener las apariencias?

–No, Maddie. Deberías saber que, cuando se trata de ti, las apariencias me importan bien poco. No, volvía cada noche porque, aunque intentaba alejarme de ti, te anhelaba con toda mi alma. Tenía que estar cerca, aunque no pudiese estar contigo. Me alejé por mi debilidad. Estoy enamorado de ti, Madeleine, pero te he puesto en una situación imposible. Te coaccioné para que te casases conmigo… y desde entonces lucho contra mi conciencia. Olvidar el preservativo me pareció otra señal de que no estaba haciendo lo que debía.

—Entonces, ¿piensas dejarme ir? —susurró ella.

—Esa era mi intención, pero para eso tendría que arrancarme el corazón porque tú estás enraizada en él. No puedo vivir sin ti, Maddie. Tenerte cerca era una tortura, así que estoy aquí para empezar de nuevo, para ver si hay alguna manera de empezar de nuevo, sea cual sea el resultado del análisis —Remi tomó aire—. Y eso significa que tú no puedes dejarme.

Ella esbozó una trémula sonrisa.

—¿Ah, no?

—Haré lo que tú quieras. Podemos volver al Palacio Ámbar o vivir aquí, pero me han dicho que te encariñaste con el laberinto.

—Era un sitio en el que me perdía durante horas cuando te echaba tanto de menos que no podía más.

En los ojos grises brillaba una emoción que la dejó sin aliento.

—Te quiero, Maddie. Dame otra oportunidad. Te juro que nunca volveremos a separarnos.

—Con una condición, Remi.

—La que tú digas.

—Bésame, ámame. Hazme tuya otra vez.

Él la besó con un ansia que llenó el espacio vacío de su corazón. Y, cuando tomó su mano para llevarla a la habitación, Maddie fue con él más que dispuesta.

—¿Remi? —murmuró cuando la tumbó sobre la cama.

—*Sí, amore?*

—Yo también te quiero.

—¿Te quedarás conmigo, serás mi reina?

—Con una condición.

Él tomó su mano para besarla suavemente.

—Se llevaron las cosas de Celeste a casa de sus padres el día después de la boda. No queda ni rastro de ella en nuestra casa y el personal tiene instrucciones estrictas de hablar de ella tanto o tan poco como tú digas. Celeste fue importante para mí, pero ahora es el pasado. Tu valor, tu devoción, tu belleza, eso es lo que anhelo en mi vida. Lo que espero tener el privilegio de recibir cada día.

—Cariño…

—Es mi turno de exigir un beso.

Maddie le echó los brazos al cuello y se entregó a él por completo. El silencio reinaba mientras se dejaban llevar por el gozo de estar juntos de nuevo.

Dos horas después, recién duchados, bajaron por la escalera de la mano y el médico les dio la noticia que ella ya había intuido: estaba esperando un hijo, un heredero al trono de Montegova.

Sin esperar un segundo, Remi la tomó en brazos y la llevó de vuelta al dormitorio.

Después de darle la noticia a su madre, la reina, llamaron al padre de Maddie. Parecía más feliz y más fuerte que nunca y eso la emocionó. Colgó después de prometer que iría a visitarlo con Remi, tras lo cual volvió a los brazos de su marido.

—¿Estás preparado para ser padre?

Él puso una mano sobre su vientre, mirándola con unos ojos cargados de amor.

—Contigo a mi lado puedo enfrentarme a cualquier cosa.

—Dios, ¿cómo puede doler tanto el amor y hacerme tan feliz al mismo tiempo?

—Porque es la emoción más poderosa de todas. Y yo me siento privilegiado por tener el tuyo.

—Te quiero, Remi. Para siempre.

—Para siempre, mi reina.

Epílogo

MADDIE, tumbada en una hamaca frente a la piscina del Palacio Ámbar, miraba a su marido nadar hacia ella.

Embarazada de cinco meses, sabía que su redondeado abdomen era irresistible para Remi; un hecho demostrado porque su marido salió inmediatamente de la piscina y corrió a su lado para besarla.

—¿Te he dicho lo guapísima que estás?

—No, hace un rato que no me lo dices —respondió ella haciendo un simpático puchero.

Remi pasó la mano por su abdomen e inclinó la cabeza para rozarlo con los labios.

—Me dejas sin aliento, *dea mia* —dijo con voz ronca.

—Tú también me dejas sin aliento, mi noble rey.

El rey Remirez de Montegova era llamado así por su gente desde el día de la coronación, tres meses antes. Pero le gustaba más cuando Maddie usaba esa expresión en los momentos de intimidad.

Iba a besarla de nuevo, pero entonces sonó el teléfono y respondió con gesto de irritación. Unos segundos después cortó abruptamente la comunicación y tiró el móvil sobre una hamaca.

—¿Qué ocurre? —preguntó ella.

—Parece que Jules no es el único que causa problemas. Zak no responde al teléfono y ahora Violet Barringhall ha desaparecido.

—¿Qué? ¿Tienes que informar a las autoridades?

—No es necesario. Mi jefe de seguridad dice que los dos están bien, y curiosamente en la misma playa del Caribe —respondió él, con un tono más exasperado que furioso.

—¿Crees que están juntos?

—Supongo que sí. Y parece que no quieren hablar con nadie. No sé qué demonios están haciendo, pero no voy a dejar que me estropeen este momento.

—Ah, ¿y qué momento es ese?

—El momento perfecto, cada segundo que paso contigo, mi esposa, mi vida. Y con nuestro hijo. Con el amor que llena mi corazón cada día.

Remi puso una mano en su vientre y, como si el destino lo hubiese decretado, su hijo dio la primera patadita.

Maddie dejó escapar un gemido.

—Dios mío… ¿has sentido eso?

Él esbozó una sonrisa trémula.

—Era nuestro hijo confirmando lo que ya sabemos, que estamos bendecidos por el destino. Que cada día que tienes mi corazón en tus manos es un regalo del que no quiero prescindir nunca. Te quiero, Madeleine.

—Y yo te quiero a ti, mi rey. Para siempre.

Bianca

Lo único que ansiaba él era dejarse llevar por sus más oscuros deseos

OSCUROS DESEOS DEL JEQUE

Andie Brock

La princesa Annalina haría cualquier cosa para poner fin a su matrimonio concertado… ¡incluso dejarse fotografiar en una situación comprometida con un guapo desconocido!

Su hombre misterioso era el príncipe Zahir Zahani… el hermano de su prometido. Y el beso que encendió aquel deseo inesperado en ambos atrapó a Annalina y a Zahir en un compromiso… ¡hasta que la muerte los separara!

Zahir había pagado el precio de confiar en los demás y por eso intentó mantener a Annalina alejada. Pero ella lo desafiaba en todo momento…

Acepte 2 de nuestras mejores novelas de amor GRATIS

¡Y reciba un regalo sorpresa!

Oferta especial de tiempo limitado

Rellene el cupón y envíelo a
Harlequin Reader Service®
3010 Walden Ave.
P.O. Box 1867
Buffalo, N.Y. 14240-1867

¡Sí! Por favor, envíenme 2 novelas de amor de Harlequin (1 Bianca® y 1 Deseo®) gratis, más el regalo sorpresa. Luego remítanme 4 novelas nuevas todos los meses, las cuales recibiré mucho antes de que aparezcan en librerías, y factúrenme al bajo precio de $3,24 cada una, más $0,25 por envío e impuesto de ventas, si corresponde*. Este es el precio total, y es un ahorro de casi el 20% sobre el precio de portada. !Una oferta excelente! Entiendo que el hecho de aceptar estos libros y el regalo no me obliga en forma alguna a la compra de libros adicionales. Y también que puedo devolver cualquier envío y cancelar en cualquier momento. Aún si decido no comprar ningún otro libro de Harlequin, los 2 libros gratis y el regalo sorpresa son míos para siempre.

416 LBN DU7N

Nombre y apellido	(Por favor, letra de molde)
Dirección	Apartamento No.
Ciudad	Estado	Zona postal

Esta oferta se limita a un pedido por hogar y no está disponible para los subscriptores actuales de Deseo® y Bianca®.
*Los términos y precios quedan sujetos a cambios sin aviso previo.
Impuestos de ventas aplican en N.Y.

SPN-03   ©2003 Harlequin Enterprises Limited

DESEO

Su voz le resultaba familiar, envolvente, sexy.
Pero no podía ser el hombre que amaba
porque Matt Harper había muerto.

El recuerdo de una pasión

KIMBERLEY TROUTTE

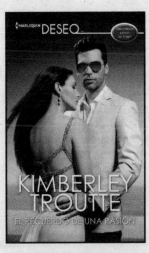

Julia Espinoza se había enamorado de Matt Harper a pesar de su reputación de pirata y del abismo social que los separaba. Pero había acabado rompiéndole el corazón. Había conseguido rehacer su vida sin él hasta que apareció un extraño con su mismo aspecto y comportamiento. Después de una aventura de una noche en la que la verdad había quedado al descubierto, la única posibilidad de tener una segunda oportunidad era asumiendo todo lo que los dividía.

Bianca

**De los *flashes* de las cámaras
al fuego de la pasión...**

MÁS ALLÁ DEL ESCÁNDALO

Caitlin Crews

Perseguida por los escándalos, atacada ferozmente por la prensa del corazón y sintiéndose muy vulnerable, Larissa Whitney decidió esconderse de los implacables paparazis en una pequeña y aislada isla. Pero tampoco iba a poder estar sola allí. Cuando menos se lo esperaba, se encontró con Jack Endicott Sutton... Le parecía increíble estar atrapada en esa isla con un hombre con el que había tenido un apasionado romance cinco años antes, un hombre por el que aún sentía una gran atracción y que sabía que la verdad de Larissa era aún más escandalosa que la que destacaban las revistas...

e rich'; or from the hallowed methods of such a revolt –
nary communes, revolutionary dictatorships, etc. If it was
ed into its opposite, a theory of gradualism and social
tion, for example, this could only be done indirectly; for
by using its liberal-radical aspects against the communists,
ter-war CGT and the post-1945 Catholic Church have
d to do in idealizing its Proudhonian as against its Babouvist
nquist traditions; or – as Gambetta did[17] – by stressing the
interest of all classes of 'the people' against some common
enemy, like 'Reaction' or 'Clericalism'. But the very process
nding off its edges in practice could only be achieved by
ing Revolution in theory. The genuine conservative had,
or later, to make a clean break with it. But the dissenting
ion, insofar as it was religious, was not tied to any special
amme or record, though long associated with particular political
nds. The fallacy of the modern claim that 'British Socialism
es from Wesley, not from Marx' lies precisely in this. Insofar as
alism (or for that matter radical liberalism) was a specific
que of a particular economic system, and a set of proposals for
nge, it derived from the same secular sources as Marxism. Insofar
it was merely a passionate way of stating the facts of poverty, it
d no intrinsic connexion with any particular political doctrine. In
y case, only a slight shift of theological emphasis was needed to
rn the actively revolutionary dissenter into the quietist (both
nabaptists and Quakers had made it in the past), or to allow the
ilitant left-winger to become the moderate. The difference between
he elasticity of the two traditions may be illustrated by individual
cases: John Burns's change from revolutionary agitator to Liberal
Minister inevitably implied a breach with his former Marxist beliefs.
On the other hand, Mr Love the mine-owner of Brancepeth, a union
man in his youth, who wrecked the Durham Miners' Association in
1863–4, could end his life as he had started it, as an active and pious
Primitive Methodist.[18]

A second point follows from the first. A revolutionary tradition is
by its very existence a constantly implied call to action, or to sympathy with action. The Newport Rising of 1839 was, numerically
speaking, a much more serious, though a much worse-managed
affair than the Dublin Easter Rising of 1916; yet its effect on the ten
years following was much smaller than that of the Irish venture, and
its impact on the British, or even the Welsh popular tradition incom-

378

revolutionism. When the French Communist Party was formed in
1920, it was immediately joined by large numbers of respectable
middle-class figures, for 'the tradition that the son of the family begins
his career on the extreme left, under the indulgent eye of the clan, to
end it in the most respectable of postures'[12] was well established.
Indeed, a group of revolutionary railwaymen who were to provide
several leaders of the new party (Sémard, Monmousseau, Midol) at
first refused to join it for this reason. It was not 'bolshevized' until
some years later.[13]

A religious tradition, on the other hand, may be very radical. It is
true that certain forms of religion serve to drug the pain of intolerable
social strains, and provide an alternative to revolt. Some, like Wesley-
anism, may do so deliberately. However, insofar as religion is the
language and framework of all general action in undeveloped societies
– and also, to a great extent, among the common people of pre-
industrial Britain – ideologies of revolt will also be religious.

Two factors helped to maintain religion as a potentially radical
force in nineteenth-century Britain. First, the decisive political event
of our history, the revolution of the seventeenth century, had been
fought out at a time when the modern secular language of politics had
not as yet been adopted by the common people: it was a Puritan
revolution. Unlike France, therefore, religion was not primarily
identified with the *status quo*. Moreover, habits die hard. As late as
the 1890s we find an almost pure example of the medieval, or puritan
approach: the Labour Churches. John Trevor, who founded them,
was a misfit springing from one of those small and super-pious sects
of working-class or lower-middle-class hellfire puritans which were
always splitting away to form more godly communities. Like other
mid-Victorian intellectual movements, Dissent was slowly cracking
under the impact of political and social change after 1870, and during
the Great Depression, Trevor was drawn towards the labour movement after various crises of conscience and a somewhat chequered
spiritual career. Incapable of conceiving a new political movement
which should not also have its religious expression, he turned labour
into a religion. He was *not* a Christian Socialist; he believed the
labour movement to be God, and built his apparatus of churches,
Sunday schools, hymns, etc., round it. Of course the dour dissenting
artisans of Yorkshire and Lancashire did not follow his peculiar
theology, which can best be described as a very etherealized unitarian-
ism. However, they had been brought up in an atmosphere in which

375

chapel was the centre of their social and spiritual life. The Great Depression (and such things as the McKinley Tariff of 1891) made them increasingly aware of the cleavage of interests within chapels between employer and worker brethren; and nothing was more natural than to suppose that the political split should take the form of a chapel secession, just as earlier the split between Wesleyan and Primitive Methodists had been one between politically radical and conservative groups. So the Labour Churches, with their familiar paraphernalia of hymns, Sunday schools, chapel brass bands and choirs, dorcas clubs, etc., sprang up in the North. In fact, they were a half-way house between orthodox political liberal-radicalism and the ILP with which the Churches soon merged.[14] This phenomenon, which occurred less than sixty years ago, would clearly have been impossible in a country in which pre-secular traditions of politics had not sunk particularly deep roots.

The second factor was the extraordinary psychological strain of early industrialism in the pioneer industrial country – the rapid transformation of a traditional society, based on custom; the horror; the sudden tearing-up of roots. Inevitably the masses of the uprooted and the new working class sought an emotional expression of their maladjustment, something to replace the old framework of life. Just as today Northern Rhodesian copper-miners flock to Jehovah's Witnesses, and among the Basutos the cataclysm of social change finds expression in a revival of magic and witch-cults, so all over Europe the early nineteenth century was an age of overcharged, intense, often apocalyptic religious atmosphere, which expressed itself in revivalist campaigns in mining areas, giant camp meetings, conversions, etc. Now wherever organized religion was, by and large, a strongly conservative force – as was the Roman Catholic Church – the active labour movement necessarily developed independently of it. In France, moreover, the great emotional experience of the Revolution had generated, out of purely secular fuel, its own emotional fire to heat the cold life of the workers. We remember the old man of the 1840s dying with the words 'Oh sun of 1793, when shall I see thee rise again?' The great image of the Jacobin Republic beckoned, and it was round the personified republic that the emotions of struggling men and women most easily gathered, just as later in Germany and Austria they gathered round the personification of their own struggles, the Marxist parties and their leaders. In Britain there was no such living experience; but there were the dissenting conventicles

and sects, independent of th
alive. Hence that experience
movement, the young worker
Methodist, and translating his
New Jerusalem.[15]

This did not necessarily mak
militant. Evidence of the strong
Methodists in some regions aboun
Dorset – even the conservative We
rallying-point for local labour leade
men from making further political ac
Horner (a boy-evangelist) and William
experience was in that by-product of c
both became communists.

Are we then to regard our two trad
plasticine, to be moulded to fit the shap
and practical situation? No theory could
into a doctrine of the 'inevitability of grac
between the end of the Great Depression a
done, tacitly or by startling pieces of ex
number of countries. The Roman Catholic
few maxims of social politics more firmly tha
of organizing masters and workers separately;
exceptions, the joint organizations it has sp
countries have either drifted out of the labour
some struggles – turned into ordinary trade unio
are more elastic than facts. Yet a political or id
especially if it sums up genuine patterns of pract
past, or is embodied in stable institutions, has ind
force, and must affect the behaviour of political
plasticine theory is patently an oversimplification.

When, however, we try to estimate the real part w
tions play, we tackle one of the most difficult tasks o
A few points may, however, be legitimately suggested
first place, the dissenting tradition, being politically rath
was far more malleable than the revolutionary. Behind
no such specific historical experience as the French Revo
its programmes, lessons of tactics, and political slogan
unsuitable. It was extremely difficult to get away from the
the revolutionary tradition glorified the armed revolt of 'th

against 'th
insurrectic
to be tur
collabora
instance,
as the i
attempt
and Bla
commo
outside
of rou
glorify
soone
tradit
prog
dema
deri
soci
crit
cha
as
ha
ar
tu

parably less. The one fitted into a picture in which pride of place had long been reserved for 'the rebel'; the other did not.

The one therefore easily became inspiration or myth, the other merely an obscure historical incident. The difference is of considerable importance, for it is not the willingness to use violence, but a certain political way of using or threatening violence which makes movements revolutionary. No other European country has so strong a tradition of rioting as Britain; and one which persisted well past the middle of the nineteenth century. The riot as a normal part of collective bargaining was well-established in the eighteenth century.[19] Coercion and intimidation were vital in the early stages of trade unionism, when the immorality of blacklegging had not yet become part of the ethical code of organized labour. It would be foolish to claim that, had Britain possessed a revolutionary tradition, she would therefore also have had a revolution. It is, however, fair to claim that episodes like the Derbyshire and Newport Risings might well have occurred more frequently, and extremely tense situations, like that in Glasgow in 1919, might not have been so easily settled.[20]

It is, of course, quite true that in the normal day's work of the labour movement, the presence or the absence of a revolutionary tradition is not of immediate importance. From the point of view of getting higher wages and better conditions, the Trelazé quarrymen's willingness to proclaim the social republic at the drop of a hat was no more and no less than a specially militant form of mass demonstration. It might not even be the most effective way of achieving their immediate economic demands. Or else, it might merely be useful, because in organizing weak and unorganized workers against strong opposition, aggressive and flamboyant tactics are always the most effective. (Hence political revolutionaries have always done a disproportionately large share of such organizing, whether in the British 'new unionist' movements of 1889 and 1911, the sardine canners of Douarnenez, the British light engineering of the 1930s, or even the American and Canadian unions of the same decade.) At times of rapid political change and great tension, however, its presence or absence may well be a serious independent factor; for instance in Germany after 1918.

The revolutionary tradition, then, was by its very nature political; the dissenting tradition much less directly so. How much this fact contributed to the much more political character of the French labour movement, it is not easy to say. Weak trade union movements

379

generally tend to draw on political campaigning for additional strength, while strong ones tend not to worry about it; and the French trade unions were throughout the nineteenth and twentieth century vastly weaker than the British. Nevertheless, this does not wholly account for two striking phenomena: the much greater speed with which French working-class opinion turned socialist, and the much greater interchangeability of political and industrial agitation.

Thus in France the labour and socialist movement began to capture municipalities about twenty years before it did so in Britain. The first British borough to have a labour-radical-Irish majority was West Ham in 1898. Yet as early as 1881 the Parti Ouvrier won its first majority in Commentry. By 1892, when socialist councillors (often not even elected as such) were still exceedingly rare in Britain, the revolutionary Marxists alone – not counting the Possibilists, Alleman-ists and the various other bodies sporting the socialist label – commanded over 12 municipalities, among them places like Mar-seilles, Toulon, and Roubaix. The disparity is even more marked in parliamentary elections.

Again, the political activities of the British trade unions have always been extremely limited, though this has been obscured by the fact that those who took part in them were often also trade unionists. They finance the Labour Party, though it is far from clear (except in certain rather special cases) how far trade unionists vote for Labour *because* their unions are supporters of the party, or whether they are both unionists and Labour voters because they are 'working-class people'. Certainly *pure* trade-union candidates have rarely been suc-cessful. In the London of the 1870s and 1880s the candidates put forward by the London Trades Council polled notably worse than those put forward by political organizations like the National Secular Society,[21] and in the 1950s the elected (communist) convenor of shop-stewards at a great motor-factory might poll a derisory vote in an area full of men who, in their factory, voted for him and – what is even more important – followed him. The sharpness of the distinction is specially clear in the case of a man like Arthur Horner, who was both a political figure and a trade unionist – a combination which is very rare. (Aneurin Bevan, for instance, was a political figure of major importance, but never played a part of any great consequence in the miners' union.) Horner's career falls into two distinct segments: the early period, when he was primarily a political leader, with a powerful local base in Maerdy, and the later, when – after his extrusion from leading positions in the Communist Party – he concentrated on his union work. But the Horner who became the ablest leader the British miners have ever had, though he was an ornament of his party, was not in any significant sense a leader of it.[22]

Similarly, it is hard to think of any successful or even seriously attempted political strikes in Britain, though sympathy and solidarity strikes (which enter into the narrowest terms of reference of trade unionism) are common. The General Strike of 1926 belongs to this class. It is hard to conceive of a British equivalent for the general strikes in favour of electoral reform which the Marxist-led movements on the continent led, often with much success, between 1890 and 1914; as in Belgium and Sweden. Political strikes are not inconceivable in Britain, especially at times of intense and almost revolutionary excitement, as in 1920, when one was threatened against British intervention in the Russo-Polish war. Yet the existence of a political tradition almost certainly favours them more, though of course their scope is always more limited (except during times of revolution) than their advocates have often supposed.

Third, and most important, a revolutionary tradition by definition envisages the transfer of power. It may do so so inefficiently, as among the anarchists, that it need not be taken seriously. But its possibility is always explicit. The historian of Chartism, for instance, can hardly fail to be saddened by the extraordinary feebleness of this greatest of all the mass movements of British labour; and what is more, by the equanimity with which the British ruling class regarded it, when not frightened by *foreign* revolution.[23] This equanimity was justified. The Chartists had no idea whatever of what to do if their campaign of collecting signatures for a petitition were to fail to convert Parliament, as of course it inevitably would. For even the proposal of a general strike ('sacred month') was, as its opponents pointed out, merely another way of expressing an inability to think of anything to do: 'Are we going to let loose hundreds of thousands of desperate and hungry men upon society without having any specific object in view or any plan of action laid down, but trusting to a chapter of accidents as to what the consequences shall be? . . . I shall oppose fixing a day for the holiday until we have better evidence, first as to the practicability of the thing, or the probability of its being carried into effect; and next as to the way in which it is going to be employed.'[24] Moreover, when something like a spontaneous general strike did occur in the summer of 1842, the Chartists were incapable of making any use of it, and it was less effective than the spontaneous rioting of the agricultural labourers in 1830, which did, in fact, largely succeed in its limited object of holding up the progress of mechanization on the farms. And the reason for the ineffectiveness of Chartism was, in part at least, due to the unfamiliarity of Englishmen with the very idea of insurrection, of the organization needed for insurrection, and of the transfer of power.

Conversely, the French Resistance movement during World War II was deliberately *not* an attempt to take power, at all events on the part of the Communists who, as usual, formed by far its most important and active contingent. The argument that it was, put forward as an excuse for propagandist purposes after 1945 and during the 'cold war', is a *canard*, and has been conclusively disproved.[25] It never had any plausibility or evidence to back it, except conceivably the independent activities of a few local groups which either went against central policy or were unaware of it. Yet the point is that in the conditions of the French movement a special effort was needed to *prevent* the Resistance from taking what would have appeared to be the logical (though not necessarily the best-advised) form of a bid for power; that resistance groups, left to their own devices, might well have followed their noses into local attempts to seize power.[26] It is extremely unlikely that any British movement, however militant and radical, would spontaneously do so.

How important such differences of tradition are in practice, must remain a matter of speculation. Clearly they are not decisive. They affect the *style* of a movement's activities rather than their, or its, nature. Yet style may be of more than superficial interest, and there may well be times when it is the man, or rather the movement. Obviously this will rarely be so where – for instance – movements conform to rigidly determined patterns of organization, ideology and behaviour, as among Communist parties. Yet every one with knowledge of communist movements knows that the extreme international uniformity which was imposed on them from the mid-1920s on ('bolshevization') no more prevented striking differences in the national atmosphere and style of communists than the uniformity of the Catholic priesthood makes the Irish church identical with the Italian or Dutch. Where the conscious forces shaping the movement are less strong, the stylistic effects of tradition may be even more obvious.

An instructive example is that of the 'peace movement', which has always been abnormally strong in Britain, and relatively weak in France. (It is not to be confused with the anti-militarist movement, which sometimes runs parallel with it.) An aggressive and sometimes militant patriotism has, since the Jacobins, been deeply engrained on the French extreme left, and indeed had dominated it except at certain historical periods (e.g., from *circa* 1880 to 1934) when the tricolour was seized by other hands. One might go so far as to suggest that the periods of maximum unity and power of French labour have been those when it could stigmatize the ruling classes not merely as exploiters but also as traitors: as during the Paris Commune, during the Popular Front period and especially during the Resistance. (In a sense this is merely another expression of the built-in aspiration to power in a revolutionary tradition: the Jacobins and their heirs have always seen themselves as potentially or actually a state-carrying or governing force.)[27] On the other hand, a moral dislike for aggression and war as such has always been deeply ingrained in the British labour movement, and is plainly one of the most important parts of its liberal-radical – and often, specifically of its dissenting – heritage. It is no accident that in 1914 the ILP was the only non-revolutionary socialist party in a belligerent country – and indeed almost the only socialist party in any country – which as a body refused to support the war; but then, Britain was the only belligerent country in which two ministers – both Liberals – resigned from the cabinet for the same reason. Time and again opposition to aggression or war has been the most effective method of unifying or dynamizing the British left: in the late 1870s, at the time of the Boer War, during the 1930s, and again in the late 1950s.

The contrast between the peace movements of France and Britain after 1945 is particularly illuminating, because it is difficult to find any factors other than those of tradition to explain it. France has had no spontaneous mass peace movement, but only a phase when the Communist Party put its energies behind an anti-nuclear appeal, and therefore collected a great many signatures. The British have had no important political organization willing to mobilize public opinion against nuclear war or capable of doing so. (The close connexion between the 'World Peace Movement' and the Communists probably postponed the emergence of a broadly-based mass peace movement in Britain until after the end of the worst hysteria of the 'cold war'.) On the other hand, an unofficial group of people could improvise the implicitly pacifist Campaign for Nuclear Disarmament, which has not merely become the most massive anti-nuclear movement in the world, with the possible exception of that of the Japanese, and a model for (less successful) foreign imitators, but a major force in British politics outside its narrow terms of reference. For it was largely on the issue of 'peace' that the left wing within the labour movement rallied to overthrow the long domination of a right-wing party leadership.

NOTES

1 G. Duveau, *La vie ouvrière en France sous le second Empire* (Paris 1946), p. 543.
2 Ness Edwards, *The history of the South Wales Miners* (London 1926), p. 39.
3 E. Labrousse, *Le mouvement ouvrier et les idées sociales en France de 1815 à la fin du XIX siècle.* (Les Cours de la Sorbonne: Fasc. III), pp. 83–4.
4 W. Lexis, *Gewerkvereine u. Unternehmerverbaende in Frankreich* (Leipzig 1879), pp. 123–4.
5 W. Lexis, op. cit., pp. 183–4.
6 Duveau, op. cit., pp. 89–91.
7 Mark Rutherford, *The Revolution in Tanner's Lane.*
8 Reprinted in E. J. Hobsbawm (ed), *Labour's Turning Point 1880–1900* (London 1948), p. 89.
9 R. F. Wearmouth, *Some working-class movements of the nineteenth century* (London 1948), p. 305.
10 A. Zévaès, *De l'Introduction du Marxism en France* (Paris 1947), pp. 116 ff.
11 For the combination of direct action and extreme moderation in Sheffield, cf., S. Pollard, *A history of labour in Sheffield* (Liverpool 1959).
12 A. Rossi, *Physiologie du parti communiste français* (1948), p. 317.
13 On this crisis in the French CP, cf., L. Trotsky, *The first five years of the Comintern* II (New York 1953) almost *passim*, but esp. pp. 153–5, 281–2, 321.
14 Cf., K. S. Inglis, 'The Labour Church Movement' (*International Review of Social History* III (1958).
15 For this and the following passages, see the chapter on Labour Sects in my *Primitive Rebels* (Manchester 1959).
16 Cf., R. Goetz-Girey, *La pensée syndicale française* (Paris 1948), pp. 96 ff.
17 Cf., esp. Discours prononcé le 12 août 1881 à la réunion

électorale du XXe arrondissement (*Discours . . . de Léon Gambetta*, ed. J. Reinach, Paris 1895).

18 E. Welbourne, *The miners' unions of Northumberland and Durham* (Cambridge 1923), p. 115.

19 Halévy, op. cit., I, pp. 148 ff. For collective bargaining by riot, see above, Chapter 2 (pp. 5 seq).

20 W. Gallacher, *Revolt on the Clyde* (London 1936), cap. X for a self-critical account by one of the 'strike leaders, nothing more; we had forgotten we were revolutionary leaders'.

21 Thus in the 1882 London School Board elections the trade-unionist candidates (except for one already sitting member) did extremely poorly; while Helen Taylor and Aveling, whose links were primarily political or ideological, were elected.

22 Conversely in France, Pierre Semard, a pure unionist by origin, was for a time general secretary of the Communist Party, and Léon Mauvais (secretary of the CGTU in 1933) became organizing secretary of the CP in 1947. Charles Tillon, also with a mainly trade-unionist background in Britanny – but combined with municipal politics – became chief military organizer of the communist resistance and minister in De Gaulle's government; as did Lucien Midol. The list could be prolonged.

23 Cf., F. C. Mather, *Public order in the age of the Chartists* (Manchester 1960).

24 William Carpenter in *The Charter*, 21 July 1839.

25 A. J. Rieber, *Stalin and the French Communist Party 1941-7* (NY and London 1962) discusses the matter at length, pp. 142-55.

26 Rieber, op. cit., pp. 150-1.

27 The most obvious apparent example to the contrary, the Dreyfus affair, proves the point. Its effect within the labour movement was to divide and not to unite; for against the 'rallying of the Socialist politicians to the cause of the threatened Republic and a *rapprochement* between most of the Socialist groups' there must be set the strengthening of an anti-political syndicalism (G. D. H. Cole, *History of Socialist Thought* III, p. 343), not to mention the split caused by the acceptance of cabinet office by Millerand.

INDEX